転生令嬢は精霊に愛されて最強です……
だけど普通に恋したい！

11

The Reincarnated Count's daughter is the strongest as she is loved by spirits, though she is only wishing for regular romance!

風間レイ
◆
イラスト：藤小豆

TOブックス

です……だけど普通に恋したい！

e n t s

転生令嬢は精霊に愛されて最強

イラスト／藤小豆　デザイン／伸童舎

c o n t

[ディアドラの精霊獣]

イフリー

火の精霊獣。
全身炎の毛皮で包まれたフェンリル。

リヴァ

水の精霊獣。東洋の竜。

ガイア

土の精霊獣。麒麟。

ジン

風の精霊獣。
羽の生えた黒猫。

[ベリサリオ辺境伯家]

ディアドラ

主人公。元アラサーOLの転生者。前世の反省から普通の結婚を望んでいる。しかし精霊王からは寵愛、皇太子からは求婚され、どんどん平穏から遠ざかってしまう。

オーガスト

ディアドラの父。精霊の森の件で辺境伯ながら皇族に次ぐ待遇を得る。

ナディア

ディアドラの母。皇帝と友人関係。

アラン

ディアドラの兄。シスコンの次男。マイペースな突っ込み役。

クリス

ディアドラの兄。神童。冷たい腹黒タイプながら実はシスコン。

characters

【皇族】

アンドリュー皇太子

アゼリア帝国の皇太子。
ディアドラの良き理解者。
クリスとは学園の同級生。

[ルフタネン]

サロモン

侯爵家嫡男だが、
カミルを気に入り
彼の参謀になる。

カミル

ルフタネンの元
第五王子。現在は
公爵。国を救う
ため、ベリサリオ
に訪れる。

モアナ

ルフタネンの
水の精霊王。
瑠璃の妹。

[アゼリア帝国精霊王]

瑠璃

水の精霊王。
ベリサリオ辺境伯領
の湖に住居をもつ。
精霊を助けてくれた
ディアドラに感謝し
祝福を与える。

蘇芳

火の精霊王。
ノーランド辺境伯領
の火山に住居をもつ。
明るく豪胆。琥珀や
翡翠に怒られること
もある。

翡翠

風の精霊王。
コルケット辺境伯領
に住居をもつ。感情
を素直に表すタイプ。

琥珀

土の精霊王。
皇都に住居をもつ。
精霊の森とアーロン
の滝まで道をつなげ
ることを条件に精霊
を与えると約束する。

story

同人誌作りに没頭しすぎて命を落としたアラサーOLが転生したのは、砂漠化が迫る国の辺境伯令嬢・ディアドラだった。ついに宿敵ニコデムスの大神官 & シュタルクの王太子と対面した彼女は、彼らの欺瞞を指摘する。この期に及んで的外れなことばかり言う被害者面の相手に呆れたディアドラは、カミルとともに、長きにわたる戦いに終止符を打つのだった。

妖艶？　クールビューティー？

結婚するまでは少しでも傍にいてくれって両親に言われたので、ベリサリオ城で過ごす日を増やすことにした私は、夕焼けが海を染める時刻、家族と一緒に舞踏会に出かけるために侍女に囲まれて準備をしていた。

カミルとの結婚式は、私が十八になる誕生日に行われることが決定した。

ルフタネンでは十六歳になれば結婚出来るのにベリサリオの希望に沿って待っていてくれたカミルが、精霊王もいる前で十八の誕生日に結婚式を挙げるって宣言したら、誰も反対出来ないよね。

今までだったらごねていたお兄様たちも待つ辛さを知っているもんだから、渋々だけど同意して実に平和に日程が決まった。

私ももう十七歳。結婚式まで一年を切ってしまった。

とうとう私も結婚かあ。

少しずつ準備が始められていくせいか落ち着かない。

人生の大きな節目を前にして、ふとした時に胸の奥がざわめく。

いい意味でね。

ルフタネンでの生活はとっても楽しみだから、マリッジブルーなんて私には関係ないぜ。

それに今日からは、帝国にとって重要な世紀の大イベントが行われるから、そっちも楽しみなの。

なんのイベントかって言うとね、じゃーーん！　とうとう皇帝陛下とモニカ様の結婚式が開かれるのです！

といっても、結婚式本番まではまだ三か月もあるのよ。

さすが皇帝陛下の結婚は規模が違うね。三か月前から公式行事が始まるんだってさ。

三か月もなにをやるのかって言ったら、世界中から招待客が来るから、外交と貿易の舞台になるだろうし、夜会や舞踏会、各国の王族だけの懇親会なんかもあるのかな？

国民からすると……お祭り？

簡単に言えば、三か月かけて皇帝の結婚をみんなで祝おうってイベントよ。

それは必要なのかって聞いたら、あのクリスお兄様がやらなくてもいいけど、やったほうが国民も喜ぶって言っていたから、やったほうがいいんだろうね。

経済力がアップして国民が豊かになったので、今度はお金の使い道を与えてあげないといけない。

でもお金の苦労をした経験のある人って、溜め込んでしまってなかなか使わないのよね。

だから頑張って働いている人たちに、この期間は少しだけ仕事を休んで、美味しい物を飲んで食べて楽しもうって。いろんな領地でいろんな催しが開催されるから、この機会に少し遠出して旅行気分を味わってみてもいいんじゃないかって。

要は言い訳というか、そうしていいんだと思わせるイベントがあったほうがいいんですって。

そんな機会がないと遊ばないって、真面目すぎるだろ帝国民。

で、期間が長ければ、忙しくてもどこかで休めるし、順番に休みを取ることも出来るでしょ。国だけじゃなくて領主たちも陛下を祝う祭りを開催すれば、溜め込んだお金を使わなくちゃいけなくて、貴族の力を多少は削げるしお金が動いて経済効果が見込めるし、プラスになることがたくさんあるみたいよ。

特に今夜は、外国からのお客さんが大勢くるのでみんなの協力が必要だから、よろしく頼むよって意味合いの舞踏会だって聞いたら参加しないわけにはいかないじゃない。

それプラス、精霊王の住居には一般の人は簡単には行けないから、庶民も感謝の言葉を伝えられる施設がほしいって以前から要望があってね、大気中の魔力量が多くて領主が精霊との共存に積極的な領地には、精霊王への感謝を伝える祈りの場が設けられることになって、今日から帝国中でいっせいにオープンしたのよ。

こうやって宗教って作られていくのかもね。

でもこの宗教はお供えもお布施もいらない。

建物の管理は領主が責任をもって行わなくてはいけなくて、これによって収入があってはいけないの。

精霊王に感謝を伝えたいのなら、自分の名前と住んでいる場所を告げて魔力を放出するだけでオッケー。

精霊にとっては魔力がお金よりずっと嬉しいんだよって、訪れる人たちに説明する人員を配置するくらいに徹底している。

ただお供えもお布施も受け取っては駄目だけど、近くに土産物屋や食事処、宿泊施設を造るのは自由なので地域の活性化には繋がるわけだ。

それで祈りの場を自分の領地に作りたいって人が殺到して、選別が大変だったんだって。

ベリサリオの場合は、瑠璃《るり》は水の精霊王なので出港する時や仕事に出かける時に、海の近くで魔力を放出して祈るのが当たり前の風景になっている。

あと、城に続く道の手前に公園を造って、そこで魔力を放出できるようにしてある。

そこが出来るまでは城壁の前まで来て祈る人が多くて、ただでさえ資材を運ぶ精霊車や城で働く人たちで混む道が大渋滞になっちゃって大変だったのよ。

ベリサリオに祈りの場を作っていいって言われたけど、とっくに自主的に作ってしまっていた。

「リュイ、そんなに気合を入れて髪を編み込まないでいいわよ。私は結婚相手が決まっているんだから」

「そうはいきません。ネリー様に叱《しか》られてしまいます」

ネリーにそんな余裕はないわよ。

今夜は彼女にも招待状が届いたから、今頃別の部屋で準備に追われているはずだ。

レックスがエスコートするって言っていたけど、大丈夫かな。

実は今夜の舞踏会は、今日から定期的に行う独身の男女のための舞踏会の初日でもあるのよ。

素敵な伴侶を見つけて結婚できる皇帝からの、幸せのおすそ分けなんだそうだ。

なにをしてるんだろうね、あの皇帝は。

でも実際、二十歳を過ぎても相手を見つけられない人ってまあまあいるらしい。

特に今年は第二皇子の婚約者にしたくて、親が粘って相手を決めないでいた御令嬢がたくさんいるのに、エルっちは陛下に跡継ぎが生まれるまで相手を選ばないって明言しちゃったので、おいおい、陛下が結婚したら婚約するんじゃなかったのかーいって年頃の娘を持つ親は大慌てよ。

すぐに世継ぎが生まれればいいよ？

第一子が男とは限らないじゃない。

その場合、エルっちと同じくらいの年齢のお嬢さんだと二十歳を越してしまうでしょ？

女性は二十を越えたら行き遅れ。

エルっちも若いお嬢さんを選ぶだろうってことで、うちの娘の結婚相手を探さないとまずいーー！

って焦りだした親もいて、その救済処置でもあるらしい。

あくまで噂だけどね。

それで、なかなか相手に出会えない地方貴族も、陛下の結婚式のこの機会であれば皇宮に集まるだろうと、国をあげての合コンが開催されることになったのよ。

平和だな、帝国！

私にはカミルがいるから他人事だけどな！

私のお友達も、結婚する気がある子はみんな相手がいるしな！

もう婚約している私は合コンには参加する必要がないので、次に参加するのは皇宮での大会議と食事会かな。

「出来ましたよ」

「ありがとう」

今日の私のドレスは、なんと黒色なの。

開き直ってカミルの色で行くわよ。

胸元や背中があまり大きく開いていないのは、家族がうるさいから仕方ない。

でも裾《すそ》にいくほど紫と白の刺繍が多くなるデザインで、それ以外は黒一色のドレスは妖艶な女性を演出してくれるはず。

髪を結いあげて、揺れる金色のピアスをつけて、いつもより赤味の強い口紅をつけたら、大人の色っぽいお姉さんの出来上がり……って、わくわくと鏡を覗き込んだのに。

おかしいな。いつもとあまり変わらない？　妖艶さはどこにいった。

「素敵ですわ。黒がこんなにお似合いになるなんて思いませんでした」

「こうしてみるとお嬢様はクリス様にとても似ていらっしゃるんですね。氷の美貌ですね」

そうかああ。黒いドレスに銀色の髪色が映えて、クールな美女の出来上がりか。

もともとない色気は、ドレスの色を変えたくらいでは出てこないってこと？

おかしくない？　私ももう十七歳よ。

カミルという彼氏がいる恋する乙女よ。

最後の一線は越えなくても、婚約者としてルフタネンに何度も滞在しているんだから、それなりに危うい雰囲気になることもあったりなかったりして、ちょっとずつ大人になっているっていうのに。

色気ってどこからどう出せばいいのか誰か教えてよ。

いや……落ち着こう。いいではないか。

クールな雰囲気だって誰もが醸《かも》し出せるわけではない。

「どう？　近寄りがたい雰囲気？」

片手を腰に当て、もう片方の手を顎《あご》に当ててポーズをとる。

横目で鏡を見たけど、本当にこれが氷の美貌？　どの辺が？

「もちろんです。全身から溢れる魔力と威圧感。只者ではないと立っているだけで誰もが気付くでしょう」

「ミミ、それ褒めてる？」

「褒めてますよ。当然じゃないですか。本当にお綺麗ですよ」

私の侍女はみんな、似合わない時にははっきり言う子ばかりだし、お母様が似合うって言ってくれたから間違いない。

お父様もカミルも、私が息をしているだけで褒めそうなところがあるけど、センスに関しては私より上だから信じよう。

今日の私はクールビューティーよとその気になって、転送陣を利用して皇宮に向かった。

最近は転移用の部屋は混雑しちゃって使いにくいの。

転送陣は高位貴族の屋敷にしかないから、こっちのほうが使いやすくなってしまっている。

「うわ。内装もみんなの服装もド派手ね」

皇帝の結婚式なんていう帝国をあげてのお祝いなので、ここでおしゃれしないでいつするんだよ！　って感じで、招待客のほとんどが全力で着飾っている。

今の流行は赤系か黄色系なのかな。

初夏だからはっきりした色を着た女性が多いみたいだ。

足を見せるのははしたないのに、胸が見えちゃいそうな谷間丸出しのドレスは問題ないって、いまだに納得できないわ。

「もしかして、私は地味すぎ？」

胸元も背中もあまりあいていないのに更にレースで隠して、夏の花が咲き乱れるような華やかな場所に、ひとりだけ黒で登場してしまった。

「いや、反対に目立ちまくっている」

カミルの全身黒ずくめは今に始まったことじゃないけど、私まで一緒に黒に揃えたのは初めてだ。

カミルの上着に刺繍されている糸と私の髪が同じ色なので、ふたり並んでいるほうが映える服装よ。

「義母上も涼しげな淡い色合いの上品なドレスで目立っているだろう？　流行は追うものではなくて作るものだって話していたじゃないか」

「私は用意してもらったものを着るだけだから、何も言えないわ」

おしゃれは好きだけど、おセンスに関しては全く自信がないもん。

お母様やスザンナの助言がなければ、デザイナーに言われるままに流行りのドレスを買って着ていたわよ。

「カミルもたまには違う色も見てみたいわね」

「そうか？　用意してくれればなんでも着るぞ」

おお、それは楽しそう。

お母さまに話して用意しようかな。

「今日は並んで挨拶《あいさつ》しないんだな」

「あれは新年といくつかの公式行事の時だけよ」

カミルが言っているのは、身分の低い人が先に入場して、左右に並んであとから入ってくる人を出迎えるスタイルね。

並んでいれば上位貴族に声をかけてもらえる確率が高くなるし、あの場で挨拶出来れば、その先の人脈が広がるかもしれないという利点はあるけれど、初めに入場した人たちは長時間並んでいないといけなくて大変だ。

今日は皇帝陛下が入場する時間までに、この場にいればオッケー。

飲み食いしていても踊っていても、友人と話していてもいい。

「本会場から外に出る時には声をかけるんだよ」

「はい、お父様」

うちの両親は今日も完璧に素敵なカップルよ。

相手の色を使うのはさりげなく、刺繍の模様の一部分だけお揃いにしているんですって。

こんな身近にお手本がいるというのに、いつまでたっても子供っぽさが抜けないって言われる私って……。

中身の年齢を考えるとやばいぞ。

「カミル、ディアが迷子にならないようによろしくね」

「おまかせください」

「お母様。私はもう十七歳なんですよ」

ちょっと待ってよ。迷子になんて……いや、なる危険はあるな。

男女別の控室に食事用の部屋。男性用のカード部屋に女性用のお化粧室。

本会場のホールだって踊る気がある人と休みたい人の席は違うし、ゆっくり会話をしたい人用のスペースだってある。

テラスや中庭も開放されていてどこも多くの人で賑わっているんだから、引き離されたら二度と会えないかもしれない。

「ディア、扇はちゃんと見えるように持たないと駄目よ」

「はい。こうしてしっかり持って歩きます」

ダンスを申し込むのは男性側だけど、誘うのって勇気がいるでしょ？

申し込んだのに断られるところを周囲の人に見られるのって、恥ずかしいもんね。

だからダンスの約束がある女性は、白いレースのついた扇を持つ習慣があるの。

「今日は何曲踊るんだ？」

「カミルとお父様と陛下とパウエル公爵と……そのあとはパオロとお話をする約束だからカミルも

一緒に来てくれる？　ミーアと久しぶりに話が出来る機会なの」

「ああ、ネリーも行くって言っていたな」

公爵夫人としてモニカ様の話し相手を務めることになったミーアは、子育て中ということもあって忙しくて、ルフタネンにいることも多い私とはなかなか予定が合わなくてね、ゆっくり話が出来たのはもう何年も前なのよ。

「他に挨拶しないといけない人は……」

こうしてカミルと会話している時でも、声をかけてほしくてさりげなく近づいてくる人がいるから隙を見せちゃ駄目なのが大変。

両親はいつの間にか離れてしまっているし、クリスお兄様とスザンナはまだ来ていないみたい。

ブレインはいつもよりさらに大忙しで、今夜もちらっと顔を出すだけで帰るって言っていた。

アランお兄様とパオロは陛下と一緒に入場なので、パティもミーアも途中まではひとりなんだって。

近衛は人気職だけど、奥さんは大変だよ。

「あいつ、ずいぶん痩《や》せたな」

「誰？」

「ダグラス」

うわ、本当だ。

少し離れた場所で友人たちと会話している姿を見て驚いた。

新年に見かけた時は、大人になって顔の輪郭がすっきりしたのかなと思っていたんだけど、今日はあの時よりもっと痩せている。

「カーライル侯爵家はちょっと大変なのよ」

「知ってる。反辺境伯派の筆頭なんだろ？」

「え？　どうして？」

「帝国には知り合いがたくさんいるんだ。そのくらいの話は聞いている。一番口が堅いのはディアだよ」

帝国の内情を、しかも反辺境伯派がどうこうなんていう話を、外国の公爵に話すってどうなのよ。どこのどいつが、どんな狙いがあってカミルに話したんだろう。

「俺が信用できないのか？」

私の顔つきが変わったのに気付いたカミルも、少しだけ目つきが悪くなった。

「違うわよ」

同じ国に生まれなかったせいで、帝国で何かあっても私の傍にいられないことが、カミルはずっと嫌だったらしい。

祖国が違うせいで同じ問題も視点が違うこともあるし、信用していても話せないこともある。

もうすぐ結婚して私はルフタネン人になるのに、それすら国籍を変えさせてしまうことを少し申し訳なく思っているみたいなんだよね。

私はまったく気にしていないのにさ。

「私が心配しているのは、そうやってカミルを帝国の問題に巻き込んだり、カミルに私を説得させようなんて考える奴がいるんじゃないかってこと。結婚したら私はもうルフタネン人で、帝国のことには関わらないつもりなんだから深入りしないで」

「そうはいかないだろう。ベリサリオのことは気になるだろう？」

「結婚したら私が一番に守らないといけない家族は、旦那と子供よ。その次がイースディル公爵家の関係者。ベリサリオはその次の次くらい。嫁《とつ》ぐってそういうことでしょ？　そんな覚悟はもうとっくにしているの」

あ、いかん。また腰に手を当てて仁王立ちしてしまった。

短かったな、クールビューティー。

いや、諦めちゃ駄目よ。妖精姫が舞踏会で婚約者と喧嘩《けんか》していたなんて噂になったら大変だ。

「ディア、どうしよう。今すぐ抱きしめたい」

「やめて」

カミルのこの顔を見たら大丈夫か。

熱いまなざし付きの笑顔で、私のほうに腕を伸ばしてきた。

「こんな場所でも仲良しだな」

聞こえてきた声に驚いて振り返った。

アランお兄様がいない時に、ダグラスが自分から声をかけてきたのって何年ぶりよ。

「羨ましいだろう。おまえも早く相手を見つけろ」

「そうしたいところなんだけどね、もてないんだよ」

ダグラスがちらっと視線を向けた先には、うちの両親に熱心に話しかけているカーライル侯爵とマクフィー伯爵がいた。

お父様は迷惑そうな顔をしているのにお構いなしだな。

「早く公爵になるべきだと説得しているんだ」

「彼らが口を出す話題じゃないわ」

反辺境伯派はベリサリオを敵に回したくないから、早く公爵になってほしいのよ。

だけどうちは公爵にはならない。

帝国が皇帝の独裁政治にならないようにするためにも、辺境伯家としてベリサリオはいつでも独立出来るんだぞという体制を保っていくと決めたの。

皇帝って国王よりも権力が集中する最高権力者で独裁政治上等なんだけどさ、でも今のこの状況を世代が変わっても続けていきたいじゃない。

力のある辺境伯がいることで、いろんな意見を聞く必要があるっていうのは重要なのよ。

もちろん辺境伯ばかりに力が集まってもいけない。

だから三大公爵家には頑張ってもらわないとね。

「本当に申し訳ない。強硬派のマクフィー伯爵にあんなに影響を受けるとは思わなかった」

大きく息を吐きだしながら息苦しそうに襟元に手をやったダグラスは、いつのまにか大人びたというか老け込んだというか。

大きな時代の変化に置き去りにされた人たちが、若い世代まで巻き込んで、どうにか元の環境に戻せないかとあがいていて、ダグラスはそれに巻き込まれているんだよな。

「あなたが謝ることではないわ。ダメージを受けるのはうちじゃないもの」

「……ああ、そうだな」

暗いな。心労がすごそう。

「親のことはいい。おまえは何をしているんだ？」

カミルに言われて、ダグラスははっと顔をあげた。

「俺は……あ、いや、ディア、今日はきみに彼を紹介したかったんだ」

ダグラスに促されて前に出てきた彼は、ノーランドの人間かと思うくらいに背が高くて逞《たくま》しい体つきをしているのに顔は可愛い系で、長く伸ばした前髪がさらさらしていた。

年齢は……クリスお兄様よりは下よね？

ダグラスよりは年上かな。

「彼はユイン・クワント伯爵。ラムゼイのオーナーでもあるんだ」

「ラムゼイ？　ああ、御令嬢に人気の靴《くつ》屋さんね」

可愛いだけじゃなくて履きやすい靴が多くて、特に舞踏会用の靴がダンスをするときに動きやすいと評判だって聞いたわ。

フェアリー商会も多少はドレスに合わせて靴も扱っているので、お母様とスザンナが他所のお店もチェックしていて私にも教えてくれるの。

「御存じなんですか」

ユインの表情がぱあっと明るくなった。

「ええ。お友達が話していましたので」

「そうですか。あの、明後日の舞踏会には参加されますか？」

「ユイン、彼女はそちらのイースディル公爵という婚約者がいるんだから、出席はしないよ」

明後日の舞踏会は独身の男女が集まる本格的な合コン一回目だ。

保護者も参加していいってところが、結婚を本人同士だけでは決められない貴族の合コンらしいよね。

「あ……そうですね。すみません。靴の宣伝をする機会だと考えていたもんですから」

こんなに若くして爵位を継いで、商売まで軌道に乗せているってことは、かなり優秀な人なのかな。

それとも優秀なスタッフがいるのか……。

「皇都の店でも新作の発表をするんです。よろしかったら来てください」

「私はお店に出向いて買い物はしないんです。すっかり顔が知られているので人だかりが出来てしまうんですよ。それに靴は私の足に合わせて型を作ってもらって、フェアリー商会で作ってもらっているんです」

「そう……ですか。残念です」

「ユイン、初対面で妖精姫に店に来てくれなんて、厚かましいって思われるぞ」

「そうなのか？」

ダグラスに注意されて、ユインは心底驚いているみたいだ。

「ダグラス、女性との付き合い方を教えてやれよ」

カミルも呆れ顔だ。

この男は大丈夫なのかと思っていそう。

「俺もよくは知らないからな」

「でもそいつよりはましだろう」

「そんなにひどいですか？」

カミルとダグラスの会話に情けない声で加わるユインは、嫌味なところのない好青年って感じね。

あまり常識を知らないみたいなのが気になるところだけど、ひとつのことに才能がある人には、他はまったく気にしないタイプもいるからなあ。

「ディア、靴の関係者ならきみが商品を売り込んだほうがいいんじゃないか？」

カミルに言われてはたと気付いた。

フェアリー商会で気にいった商品が作れたから、終わった気になっていたわ。

「そうだったわね。ぜひ紹介したい物があるの。きっと興味を持ってもらえると思うわ」

「靴ですか？」

「そうじゃないんだけど……そうだ。ダグラスの誕生日の夜会の招待状が来ていたわね。その日にお見せするわ」

「いや、うちには……」

言いかけてから、はっと口を押さえてダグラスは眉を寄せて考え込んだ。

「ディアなら……来てもらったほうがいいか」

「何かあるのか」

「そうじゃないんだが、うちは今、浮いているというか……避けられているんだ」

「ああ……」

カミル相手にそんなことまで話しちゃうんだ。へえ。

それにダグラスの誕生日には行くって声をあちらこちらで聞いたわよ。

避けられているのはカーライル侯爵だけで、ダグラスは今でも多くの人に好かれているでしょ。

「ちょっと興味が出てきたわ」

お父様にまで迷惑をかけている反辺境伯派が、いったいどんな人たちで何をしようとしているのか見てやろうじゃない。

たいした人材がいないことはわかっているの。

だから何年も成果をあげられなくて、どんどん人が離れているらしいからね。

「悪い顔になっているぞ」

曲が始まったのでダグラスたちとは別れて、ダンスを始めて最初にカミルが言った台詞《せりふ》がこれよ。

「愛しの婚約者にいう台詞じゃないわよそれ」

「帝国のことにあまり巻き込まれるなと俺のほうが言いたい」

「でもまだ私は帝国民ですし。って、何もしないわよ」

その疑いのまなざしをやめなさい。

たぶん反辺境伯派はこのまま自滅して解散って方向に行くと思うから、私がとどめを刺す気はないの。

結局彼らは、もっと自分たちにも美味しい思いをさせろって言っているだけなんだから、まともな人は取り合わないのよ。

「それより、扇を持ったまま踊るって、やりにくいわね。どこかに挟んでおけないかな」

「変なところに挟んでターンした時に吹っ飛ばしたら困るだろう?」

「あ。やりそう」

踊っている時も扇を見えるようにして、次も予約済みですよってアピールしなくちゃいけないって大変よ。

他の御令嬢たちはよく平気で踊っているわね。

だいたい妖精姫にダンスを申し込む勇気のある奴なんてもういないっての。

もうすぐ他国に行っちゃう令嬢と親しくなっても何の得もないって…………申し込んでくる奴がいた!

ダンスが終わってすぐ、ユインが近づいて来た。

「よろしかったら次は私と踊っていただけませんか?」

ユイン!　何をやってんの?

あなたは反辺境伯派の人間でしょうが。

私は辺境伯令嬢だよ!

ダグラスは何をやってんのよ、こいつの手綱をちゃんと持っていなさいよ。

「あのね、私のこの扇の意味を知ってる？」

カミルは、次はパティと踊る約束があるから誘いに行っている。

パティをひとりにしておきたくなかったから、早く行けって私が急かしたの。

でもお父様はまだカーライル侯爵たちに絡まれていて動けそうになくて、私はひとりで休んでいたのよ。

「いいえ、知りません」

「これを見せているのはね、次のダンスの相手が決まっているって合図なのよ」

「そうなんですか」

「せっかく誘っても断られてしまったら男性が気の毒だから、他にもいろいろと合図が決まっているのよ」

踊る気がない時はグラスを持つとか、奥のほうの席に座っている女性には話しかけてはいけないとかね。

「こういう席に参加するのは初めてなので知りませんでした」

「私もかなり疎いほうだけど、それよりひどいわよ。誰か教えてくれる人はいないの？」

いつの間にか先生のように扇を揺らしながら話してしまっている。

ユインは特に気にした様子もなく、少し考えこんでから首を横に振った。

「そういえば仕事に関しては優秀な人材が揃っていますが、礼儀作法に詳しい人間はいません。今まで問題なかったので、貴族社会のそういう約束事について気にしたことがありませんでした」

「じゃあ友達に聞こうよ。ダグラスがいるじゃない」

「そうします。すみません。商売の話をあんな風にしてくれる女性に初めて会ったので、もう少し話をしたくなったんです。でも断られてよかったかも。ちゃんと踊れたか怪しいんです」

無謀すぎるだろ。

リードするのは男の役目なんだからね。

「おや、次は俺の番だったはずなんだが、邪魔が入ったか？」

ふと声がして振り向いたら、にやにやしながら皇帝陛下が立っていた。

「え？　いえ次は……」

慌ててお父様のほうを見たら、いろんな人が集まってしまって動けなくなっている。

女性もいるから険悪な雰囲気ではなさそうだけど、あれは抜け出せそうにないな。

「もう曲が終わる。次は俺の番だろう？」

皇帝の正装を身につけ、豪華絢爛《けんらん》な、つまり重そうなマントを翻した陛下は、威風堂々、これぞ若き皇帝だというカリスマ性に溢れている。

子供の頃から何度も修羅場を潜り抜けて、今の平和な帝国を築いた男はあふれ出るオーラが違うよ。

私みたいに光っちゃうオーラじゃなくて、目に見えなくても他を圧倒する存在感がある。

「そうですね。陛下の番ですわ。クワント伯爵は白い扇の意味を知らなかったんですって」

「それはいかんな。そういう基本を教えてくれる人間はいないのか？」

「今、妖精姫にも同じことを言われていました」

苦笑いしながら頭をかくユインは、陛下の前でも態度が変わらない。

へえ、意外と度胸があるわね。

あれ？　なんとなくこのふたり、似てない？

「次の曲が始まるぞ」

差し出された手に手を重ねて歩き出す。

ユインは軽く頭を下げて人混みの中に紛れていった。

「あの男はどうだった？」

「……質問の意味がわかりかねます」

「あれは……俺の叔父だ」

叔父……叔父⁉

「え？　つまり将軍側の？」

「そう、父上の義弟だ。バントックが若い娘に産ませた隠し子だ」

それで似ていたんかい！

うわーー、あのおっさん、好き勝手し放題だったんだな。

「じゃあ、バントックの遺産を受け継いで伯爵になったんですね。他の血縁は残っていないでしょう？」

「全員、あの時に死んでいる。過去の犯罪の賠償金は差し引いても、かなりの遺産があれに渡ったはずだ」

大金は人を狂わす。

周りの大人が大金欲しさに彼に群がっただろうに、そんな苦労は何も感じさせず商売を成功させたの？

それとも守ってくれる人がいた？

「彼の存在はしばらく隠されていたとか？」

「鋭いな。あれはまだあの時は子供で、何も知らされていなかった。だから成人するまではバントックの息子だということを隠すのを条件に、クワント伯爵家に援助し遺産を渡したんだ。だが、あれの母親も祖父も精霊を育てていなくてな。事故で亡くなった」

「彼は育てていますね」

「精霊を育てさせることも条件のひとつだったんだ。あれが成人した時にパウエルが全て説明して、俺とエルディもその時に初めて会った」

でもユインと親しくなる間もないうちに、バントック派の残党が彼の存在を嗅ぎつけて群がり、反辺境伯派にまで目をつけられてしまったんだそうだ。

そんな自分と付き合いがあると知られたら陛下やエルっちの迷惑になるからと、ユインは距離を取って会おうとしないんだって。

「それでは何の解決にもならないわ」

「俺もそう言った。だが周りの者には、誰もがそんな強いわけではないと言われたぞ。自分の生き方や周りの世界を変える決断をするのは大変なんだそうだ」

「周りに群がってきた大人が勝手に作った世界なのに？」

「友人もいる。気にしてくれる大人もいる。守るべき家臣がいる。それなりに居心地のいい世界だ」

そうか。隠し事して肩身の狭い思いをしてきたのだとしたら、今の世界を壊したくないと思うのは当たり前か。

「やっぱりダグラスの誕生日会に行くことにしました」

「ほお。ユインが気に入ったのか？」

「まさか、お父様に絡んでいるあの大人たちのせいで、若い世代が苦労しているのがちょっとだけ……ほんのちょっとだけ苛ついただけです。私は何もしませんし出来ませんよ？　どんな奴らがいるのか顔を見てやりたくなりました」

「潰すなよ」

だから何もしないって言っているじゃないの。

誕生日会なんだから、プレゼントを持って遊びに行くだけよ。

プレゼントだって普通の物よ。

やばいブツをプレゼントだって言って渡すんじゃないから。

「少し……」

「は？」

「リルバーン連合国の動きが気になる」

「ははは。どうしてこうちょっと平和が続くと馬鹿なことを考える奴が現れるんですかね。彼らに学習能力はないんですか？　喉元過ぎると記憶が消える病気か何かですかね」

「待て待て。ちょっと気になるだけだ。俺が悪かったから怒るな」

「皇帝が簡単に謝らないでください」

「おまえと会話していると油断して、ついぽろっと余計なことを言ってしまうな」

「まさかカミルにもぽろっと余計なことを話していないでしょうね」

「……」

足を踏んでやろうか。

向う脛《ずね》を蹴っても、転びそうになってついって言ったら許されるかな。

「陛下、皇宮内に砂丘でもご入用ですか？」

「やめてくれ。ただ酒の席で少し話をしただけで深い意味はなかったんだ」

「いったい何を話したのか、説明をしてもらいましょうか」

「あ、曲が終わる」

「逃がさないわよ」

「おい、俺が皇帝だってことを忘れてないか？」

「あら、ごめんあそばせ。私ったらつい」

「足を踏んでるぞ。ぐりぐりすんな」

分厚い靴を履いているわね。

ダメージないってどういうこと？

でもこれ以上やると、精霊が回復魔法を浴びせてきそうだからやめよう。

また光の柱が出現してしまう。

ダグラスの誕生日会が波乱を呼ぶ

私はカーライル侯爵領に行ったことがない。

アランお兄様はダグラスと遊ぶために何度も出かけていたし、クリスお兄様も何回かは行ったことがあるそうだ。

私は四歳の時からしばらくはベリサリオ内だけで過ごしていたし、それ以降もお友達の領地にしか行かなかった。

それに公爵家や侯爵家って、皇都に結構広い土地を持っていて大きな屋敷があって、子供たちも有力貴族の集まる皇都で生活する家が多いの。

でも辺境伯は、建国から何百年も経ってから帝国に組み込まれたでしょ。だからすでに皇都に広い土地は残っていなくて、割とこぢんまりとした屋敷しかないからほとんど領地ですごしている。

それで皇都で生活している貴族たちとは、社交界にデビューしないと会う機会が少ないのよ。

祝い事も、辺境伯は民族の絆が強いから全部領地でやっているんだけど、公爵や侯爵は家によってばらばらで、カーライル侯爵家は全て皇都の屋敷で行っていたの。

だから私はカーライルの領地には行ったことがないけど、皇都の屋敷には何度か行ったことがあるのよ。

「まあ、ビティも来ていたのね」

今回のダグラスの誕生日も皇都のカーライル侯爵邸で行われた。

皇宮での舞踏会よりは幾分おとなしめとはいえ、今日の夜会も多くの招待客で賑わっている。

夜会はダンスよりも食事を楽しみながら会話するのがメインなので、豪勢な料理がずらりと並んでいて匂いがたまらないわ。

「あら、呼び方が変わったのね。もうブリたんとは呼んでくれないの？」

「だってお子さんもいる奥様になったのに、ブリたんって呼ばれるのは嫌でしょう？」

「子供の前では嫌だけど、普段は平気よ。その呼び方をするのはディアだけだから、親しい感じがしてむしろ好きだわ」

奥様になって、すっかり落ち着いて色っぽくなったブリたんってば素敵。

今夜は他にも精霊の育て方マニュアル本を一緒に編集した御令嬢たちもいて、久しぶりにゆっくり話が出来そうだ。

エルダは呼ばれていないって言っていたわね。

辺境伯家に嫁いだエルダは呼ばなくて、私は呼ぶっておかしいでしょう。

ベリサリオで参加したのは私だけだから、きっと絡んでくるんだろうな。

うちのお兄様ふたりは、ダグラスは嫌いじゃないけどカーライル侯爵と付き合う気はないと言ってすっかり疎遠になっている。

今夜の招待客を見渡しても、高位貴族の関係者はダグラスと親交のある若い子ばかりで、公爵家からは誰も参加していない。

私ひとりが浮いている感じだ。

あ、もちろんレックスは今日も同行しているわよ。

護衛のためというより、貴族の名前と顔が一致しない私を助けるための役割が大きいんだけどね。

「ディア」

「ん？　え？　エセル？　うわ、ドレスを着ているのをひさしぶりに見たわ」

声をかけてきたのは友人のエセルだ。

マイラー侯爵家の御令嬢で、モニカのための女性だけの近衛騎士の部隊に所属している。

姿勢がいいし、すらっとしていてプロポーション抜群だから、背中が大きくあいたドレスを着るとかっこいいのよね。

しかし彼女、執事も侍女も連れずにひとりで来たのね。

「モニカ様が、ディアが心配だから傍にいてくれって」

「私なら大丈夫なのに」

「私もそう言ったのよ。ディアのほうが強いですよって」

それもどうなんだ。

私の強さじゃなくて、精霊獣と後ろ盾の方々の強さだからね。

「でもビティたちがいるなら大丈夫だったね」

「エセルも美味しいものを食べて楽しんでよ」

「そうする」

主役のダグラスの挨拶は盛り上がったけど、それ以外は親しい人達が集まって静かに話をしているだけの夜会で、音楽が演奏されても誰も踊らず、早々に帰る人も少なくなかった。

ダグラスへの義理だけ果たしに来た感じだ。

「ずいぶん寂しい夜会ね」

「ほんとね」

御令嬢たちがまだけっこう残っているのは、独身の侯爵家嫡男はダグラスだけだからっていう理由が大きいんだと思う。

帰りたいけど親が……って小さな声で話している女性もいた。

このまま何もないのなら、私もそろそろ帰ろうかな。

エセルとフェアリーカフェで話をしたほうがいい……。

「ディア、来たわよ」

エセルが体を寄せて呟《つぶや》いた。

女性ばかりが集まっているところに、中年男性がぞろぞろと五人も近づいてくるってどういうシチュエーションよ。

私のいる場所は両隣のテーブルもその向こうも、年齢は様々だけど女性ばかりが集まっている席だ。用があるならまず侍女に声をかけさせなさいよ。男が団体でずかずかと割り込んでくるのはマナー違反よ。

おしゃべりを楽しんでいた女性たちも話をやめて、近づいてくる男たちをいぶかしげに見てしまっているじゃない。

「これは妖精姫。ご挨拶が遅れて申し訳ない」

しかも声をかけてくるのがマクフィー伯爵なの？

カーライル侯爵はなんのためにそこにいるのさ。

「どなた？」

こんなに注目を浴びているのに無礼な態度を許しては、ベリサリオと妖精姫の評判に響く。

そりゃ爵位を持っている分、マクフィー伯爵が上だって言われればそうかもしれないけど、女性は爵位を持つなんてまれだから、旦那や父親の爵位に見合う態度を取るのが普通なのよ。

「これは失礼しました。御存じありませんでしたか。私は……」

「カーライル侯爵、あなたのお知り合いですか？」

マクフィー伯爵を無視してカーライル侯爵に話しかけたら、露骨にマクフィー伯爵が顔をしかめた。

この男、女性を蔑視《べっし》しているタイプだな。

だからこんなに大勢の女性が見ているのに、平気で失礼な態度を取るんだ。

女性の口コミ情報を甘く見ると痛い目に合うわよ。明日には今夜のマクフィー伯爵の態度は、帝国中に知れ渡るだろう。

「ああ、そうなんだよ。彼はマクフィー伯爵といってね、私の古い友人なんだ」

友達は選びなさいよと喉元まで出かかったけど、それは我慢。

「そうでしたか。はじめまして」

立ち上がらずに会釈《えしゃく》だけして、興味をなくしたように横を向いた。

「妖精姫、少しお時間をいただけませんか？　あちらでご相談したいことがございます」

男がテーブルを取り囲むようにずらりと並んで、そんな怖い顔で仰々《ぎょうぎょう》しく言われたら、普通の御令嬢なら怖くて断れないでしょう。

私はこういう男は大嫌いよ。

「今夜はひさしぶりに会えたお友達とお話をしておりますの。大事なお話があるのでしたら、改めてベリサリオにご連絡くださいな」

約束もしていないのに図々しいわよって言っているのに、断られて驚いていることに私がびっくりだよ。

同じテーブルに座っていたせいで巻き込まれたブリたんたちが気の毒でしょ。

きっと怖がって……ないわね。

瞳をキラキラさせて私を見ているのは何？

みんなに話すネタが出来るって喜んでいるのかな。

「精霊王への祈りの場のことで話があるんですよ」

突然横から細い中年の男が話に割り込んできた。

「ライリー男爵落ち着きなさい」

「しかし、これは重大な問題ですよ。祈りの場を選別するのに、偏りがあるとは思いませんか」

話しながら興奮して前に出てきた男の前に、エセルが立ち塞がった。

「無礼でしょう。離れなさい」

「なんだと、この小娘が」

えー、このおじさん、有名人のエセルも知らないの？

「私はモニカ様の命により、妖精姫をお守りしている近衛騎士団のエセル・マイラーだ」

「ライリー男爵、彼女はマイラー侯爵のお嬢さんだよ」

カーライル侯爵に注意されて、ライリー男爵は慌てて後ろに下がった。

「失礼しました。モニカ様専属の近衛の方でしたか」

あ、気にするのはそっちなんだ。

未来の皇妃に悪い印象を持たれるのはやばいだろうけど、マイラー侯爵を怒らせるのもかなりやばいと思うんだけどな。

「カーライル侯爵家嫡男の誕生日会だというのに、モニカ様はなぜ護衛を用意なさったんですか？」

一方、マクフィー伯爵のほうは気に入らないという態度を隠しもしていない。

この人はなんでこんなに偉そうなんだろう。

「ベリサリオの男性陣は、みなさん陛下とモニカ様の結婚式の準備で忙しくしていて、妖精姫がべリサリオの代表としてこちらに出席することになったと聞いて、自分たちのために寂しい思いをさせて申し訳ないと、妖精姫とは友人である私を指名されたのです」

まさか、あんたたちが怪しいからだよとは言えないもんね。

「なるほどそうでしたか。モニカ様と妖精姫の御友情の深さに胸が熱くなる思いです。モニカ様の御友人としてふさわしい立場になるためにも、ベリサリオはすぐにでも公爵家になるべきではありませんか？」

マクフィー伯爵と視線があったので、にっこりと笑顔を向けてあげた。

「御心配には及びませんわ。もうすぐ私はルフタネンの王族の一員になりますので、身分に問題はありませんでしょう？」

お父様が説得できないからって、私に圧力をかけようとしているな。

「でも、精霊王に後ろ盾になっていただいている妖精姫では、帝国皇妃の友人にふさわしくないと言われるとは思いませんでしたわ。精霊王たちがどう思うか心配ですわね」

小首を傾げ、口元を手で隠しながら困った顔で呟く。

どうよ。社交界でやり合っている御令嬢っぽい仕草でしょ？

鏡の前で練習したんだから。

「とんでもない。誤解ですよ。妖精姫ではなく御家族も含めてふさわしい立場にですね」

「まあ、皇帝陛下直々に公爵家より上の待遇にするとお達しのあったベリサリオがふさわしくないのでは、帝国にはもうモニカ様のお友達にふさわしい方はいなくなってしまいますわね」

「マクフィー伯爵は、御自分が全ての高位貴族の御令嬢を侮辱なさっているという自覚がないのですか？」

私と男性陣の間に立ち塞がったまま、エセルが扇をひらひらさせながら言った。

剣の代わりに扇で相手に攻撃しそう。

「もしかして、みなさんも同じ考えなんですか？」

エセルは目を大きく見開いて、男たちを見回した。

「陛下もそうお考えなのかどうか、確認したほうがいいのかしら」

あれはもう、楽しくて話すのがやめられなくなってるな。

モニカ様の周りにもこういうやつらはいるだろうから、日頃から鬱憤《うっぷん》がたまっているのかも。

「エセル、そのくらいにしてあげて。マクフィー伯爵は……そうね、お酒を召されておいでなので、私たちが誤解してしまうような言い回しになってしまっただけではないかしら？」

くすくすと周囲から笑い声が聞こえてきた。

私のテーブルのお嬢さんたちも楽しそうだけど、周りの御年輩の御婦人方もどうやら私の味方みたい。

「それより先程そちらの方が、精霊王の祈りの場のことで話があるとおっしゃっていたわね」

「そうなんです」

ぱっと表情を明るくして前に出てきたライリー男爵は、

「その話でしたら精霊省にお話しください。私はいっさいかかわっておりません」

私の返答を聞いて眉を寄せた。

「精霊省の選別の仕方に偏りがあると申し上げているんです！　私の周りでは誰も選ばれておりません」

「そうでしょうね。領主が複数の精霊獣を育てているというのが条件に入っていますからね」

「その条件はひどいじゃありませんか。急に精霊獣が必要などと言われても……」

「急？　私が精霊獣の育て方教本を最初に発行してから、もう十年経っているんですよ」

立ち上がってから、エセルと並ぶと私はだいぶ背が低いから、強そうには見えないかもって気付いた。

「十年の間、まったく精霊を育ててこなかった人の領地に、精霊王への祈りの場を設けるなんてありえないわ。精霊を育てるのは強制ではありませんけど、育てないのであれば精霊王の恩恵を受けられないのは当然でしょう？」

「こ、これから育てる気で」

「おそらく無理です。十年の歳月は重いですよ。精霊は主が死ぬと一緒に消えるか、精霊王の元に帰るのが普通なので、出来るだけ長く一緒にいられる相手を選びます。子供が精霊を見つけやすいのはそのためです。あなた方は……おそらくもう見つけられないでしょう」

魔力放出もしてこなかったおじさんたちは、魔力量が少ないしマメに精霊に話しかけるなんてするわけがない。

「ライリー男爵、もうその話は終わりだ」

「しかし！」

「精霊を育てていないと駄目なら、諦めるしかないだろう」

そういうマクフィー伯爵は二属性の精霊を育てているけど、まだ精霊獣にはなっていない。

精霊に話しかけるのが苦手なおじさんなのかな。

「それより商売のことで少々ご相談があるのです」

「私に？　どうしてかしら？」

「フェアリー商会でご活躍している妖精姫とは、一度ゆっくりとお話をしたいと思っていたんですよ」

「私はもうフェアリー商会には所属していませんよ？」

「え？」

「もうすぐ他国に嫁ぐ身ですもの。二年前からいっさい商会には関わっておりませんの。いくつか特許を持っているので、それを使用する契約をフェアリー商会とは結んでいるだけです」

これは本当。

私はもうルフタネンで始める事業のことで頭がいっぱいなのよ。

「そ、それでも辺境伯にうちとの共同事業を勧めてくださることは出来るでしょう？」

「共同事業？」

「そうですよ。ベリサリオはいろんな貴族と共同事業を展開しているじゃないですか。ですから私とも」

「してませんよ？」

「え？」

「共同事業はオルランディ侯爵家としかしていません。あそこはスザンナがクリスお兄様と結婚して親戚になったので、つまり身内としか共同事業はしていません」

少なくとも、初対面のどんなやつかもわからない相手と事業をするわけがないでしょう。

ましてや、ちょっと話しただけでも間違った情報しか持っていないとわかる、無礼で偉そうなおじさんとなんて仕事をしたくないわよ。

お父様に断られたんじゃないの？

それなのにまだ、しつこく私まで利用して話を進めようってことでしょう？

「そんなはずはないでしょう。辺境伯とは取引しているじゃないですか」

「取引？　ああ、商品を製作するための素材を買ってはいますよ」

「素材……」

「はい。辺境伯だけではなく、帝国全土、諸外国とも取引はしています。確かに辺境伯との取引は多いですね。なにしろ多くの魔獣系の素材はノーランドからしか手に入れられませんし、コルケットの酪農製品は最高品質です。ベリサリオが商会を中心に経済を発展させたように、彼らは独自の素材を扱うことで利益を得ています。そのための工夫と努力は素晴らしいですよ。でも今は直接の取引はほとんどしていないのではないかしら」

ちょっとマクフィー伯爵、商売の話をしたかったんでしょ。

なんで腰が引けているのよ。

「売りたい素材がおありでしたら、組合に登録するのが一番確実ですよ。うちは商会なので出来上がった商品を売るのがメインで、今は製作のほとんどが外注なんですよ。精霊車はアランお兄様のところで製作もしていますけど、部品はすべて外注ですので、うちに素材を売り込んでも意味がありません。それでも共同事業をなさりたいのでしたら、フェアリー商会に窓口がありますので、予約をして企画書を持ち込んでください」

「き、企画書」

さっきまでテーブルを取り囲んでいたおじさんたちが、少しずつ後ろに下がったので少しだけスペースに余裕が出来た。

マクフィー伯爵まですっかり引き気味で、オウム返しに単語を呟くだけだ。

「窓口には毎日多くの企画が持ち込まれているそうです。フェアリー商会はすでに多くの商品を扱っているので、これ以上手を広げる予定はないようですけど、面白い企画を持ち込んだ場合、融資や援助をしているようですよ。もちろんそれでうまくいった場合は、何年かは売り上げの一部をフェアリー商会がいただくことになりますね」

「な……るほど」

「予約を入れておきますか？　それとも今日も企画書を持ってきていらっしゃるのかしら？」

「ないない。そいつらはただ、ベリサリオにすり寄っておこぼれをもらいたかっただけだ」

すぐ近くから年配の男性の声が聞こえた。

徐々に人が集まってきて、今では私たちを取り囲むようにぐるりと人の輪が出来ている。

前のほうにいるのはカーライル侯爵やマクフィー伯爵の親戚筋の人達だ。

さっき話したのは六十代の白髪の男性だった。

「まったく今の若いもんは楽をして儲《もう》けようとして、やることが浅ましい」

「本当ですわ。あちらこちらでああやって少数を取り囲んでしつこく要求を繰り返して、相手がうんざりしてゴミのようなおこぼれを投げ与えてくれるのを待っているのよ」

うわ、辛辣《しんらつ》。

六十代後半の品のいいご婦人の口から出てくるとは思えない言葉だ。

「それを自分の功績だって偉そうに吹聴《ふいちょう》して、頭の悪い男たちがそれを真に受けておだてるものだから調子に乗って」

「マクフィー伯爵家もあれではねえ。婿を取るならもう少しまともな男を選べばよかったのよ」

たとえ当主でも、年配の親戚の支持を得られないとかなりきついことになる。

長く生きて、貴族社会で根をはってきた人たちの人脈や影響力はかなりのものよ。

「最初はもう少しまともかと思ったんだけどねえ」

「それに比べてさすが妖精姫。自分の父親より年上の男に取り囲まれてもびくともしない」

「本当に素敵です」

「とんでもありませんわ。私はそろそろお暇《いとま》しようと思います。でもみなさんとはまたお話したいので、今度は私が御招待しますわ。お茶会をしましょう」

立ち上がりながら言うと、女性たちが嬉しそうな声を上げた。

「楽しみですわ」

「年寄りも呼んでくれるの？」

「年寄りなんて言い方はやめてくださいな。まだお若いでしょう？　そのドレス、とてもお似合いですわ」

「あら、お上手ね」

私は、年配者とうまくやれる自信なら割とあるのよ。

年下と話すよりずっと楽。

「ではこれで」

「やめろ、無礼者！」

エセルの声とほぼ同時に、ぴきぴきという小さな音が聞こえ始めた。

見なくてもわかる。物が凍り付くときの音だ。

吐く息が白い。

イフリーがすぐに私の周りを暖めてくれたけど、かなり気温が下がっているようだ。

ぱりんと軽い音を立てて割れた窓から、初夏とは思えない冷たい風が侵入してきた。

「外もこの寒さ？　あなたたち何をしたの？」

『ディアに掴みかかろうとしたんだ』

「違う！　肩に手を置こうとしただけだ！」

「触ろうとするだけで無礼だ！　だから精霊王がお怒りになったんだ！」

エセルに怒鳴られているのは、今までは何も話していなかった若い男だ。

だいぶおしゃれに気を使っているようで髪型も決まっているけど、私に向かって伸ばされた腕も足も凍り付いている。

彼だけじゃない。

マクフィー伯爵もライリー男爵も足元が分厚い氷に覆われて、床と一体化してしまっていた。

「だから言ったろう。祈りの場を置きたいがために精霊獣を育てている娘を無理やり養女にしたり、精霊を育てている平民を自分のいる街に引っ越しさせたりするのは、シュタルクでニコデムスがやっていたことと同じだと」

身内が氷漬けにされているというのに、誰も彼らの心配をしない。

彼らの妻や子供はこの場にいないの？

そういえば私と話をしていた御令嬢たち以外、ダグラスの誕生日なのに若い人がほとんどいないわね。

ダグラスもいないじゃない。

「バントックの生き残りとなんか手を結ぶから、妙なやつばかりが増えてしもうた。あの誕生日会に呼ばれもしなかった無能たちばかりではお荷物にしかならん。反辺境伯派なんて大層なことを言っていたが、要はごねて少しでも金を得ようとする浅はかな男ばかりの集まりだろうが」

つまりクレイマーだな。

言いがかりをつけて大袈裟《おおげさ》にごねて、相手がうんざりして譲歩すると自分が正しかったと吹聴する。

その場は何か得になることもあるかもしれないけど、貴族社会でそれをやったら敵がどんどん増えるだけよ。

それで年配の人達から白い目で見られるようになって、何か成果をあげないと立場がなくなってしまうからと、ベリサリオに目をつけたのか。

「どうでもいいですけど、早く温めて氷を溶かしたほうがいいんじゃありませんか？　そのままにして凍傷にでもなったら手足を切断しないといけなくなりますよ」

「うわあああああ。助けてくれ！」

「早く魔法をかけろ！　なにをしている！」

マクフィー伯爵に怒鳴られた精霊たちは、ふわふわと私の横に移動してきた。

『いやだ。もうきみの傍にいるのはやめる』

『精霊王の元に帰る』

育てている精霊に見捨てられるやつを初めてみたわ。

扱いが悪かったのかな。

そこに更に精霊王を怒らせたもんで、もう実家に帰ります！　ってなっちゃったんだね。

『僕もうきみとは一緒にいない』

カーライル侯爵の精霊たちまでもが、私の横に移動してきた。

『がっかりだよ。前はこんなんじゃなかったのに』

「父上！　なにが起こったんですか！」

ダグラスが大声で言いながら駆け寄ってきた。後ろに若い男性が何人も続いている。なんだ。若い男性たちはテラスにいたのね。

初夏に急に雪が降りそうな寒さになったんだから、そりゃ驚くわ。

「ディア、何かあったのか？」

ダグラスに聞かれて私は肩をすくめてみせた。

ダグラスとユイン、そしてもうひとり、太い眉ときりっとした目元が印象的な青年が、どうやら若い男性陣の中心的な存在のようだ。

『ダグラス、これでお別れね』

『僕たちは精霊王の元に帰ることにしたよ』

『エイベル、バイバイ』

「どういうことだよ」

「父上？」

父親は氷漬けになっているし、父親の精霊獣には別れを告げられるしで、事情がわからないダグラスたちは真っ青になっている。

太い眉の青年はマクフィー伯爵の息子か。

そういえば学園で見かけたことがあったわ。

エセルと同学年じゃない？

「ともかく父上の氷を解かさないと。おまえたちたのむ」

『…………』

「どうしたんだ？」

ダグラスたちが精霊に魔法を使うように言っても、まったく反応がない。

『ディア、かまわないんだろう？』

ジンに言われてはっとした。

精霊王の怒りを買ってこの状態になったのに、助けていいのかどうか、それを私が許すのか迷っていたのね。

勝手に助けて私が怒ったら、ダグラスたちにも何か起こるかもしれないもんね。

「もちろんよ。早く助けてあげて」

『早く領地に帰ったほうがいい。精霊王様方は本気でお怒りだ』

イフリーが重々しい声と口調で言った。

彼らの領地までここと同じ状況になっているの⁉　まじで⁉

初夏にこんなに気温が下がったら、作物の打撃がひどいことになるわよ。

助ける様子もなく、むしろざまあ見ろと言いたげに彼らの様子を見ていた周囲の人たちも、さすがにざわつき始めた。

「領地もこんな状態になっているの⁉」

「精霊王様を本気で怒らせたんだ」

「妖精姫に触れようとした馬鹿は、どこの家の者だ！」

駄目だなこれは。

場をまとめる人間が誰もいない。

関係者にも相手にされていないこの状況なら、反辺境伯派なんて実体のない名前だけの集団だわ。

「エセル、帰りましょう」

「そうね」

味方になってくれた人たちと別れの挨拶をしている間に、若手の男性陣の精霊獣たちが氷漬けになった人たちを救い出した。

服が濡れているので早く着替えないと風邪をひくかもしれないけど、他には問題ないようだ。

でも外の気温までは精霊獣にはどうにもならない。

私に触れようとするくらいでここまで瑠璃が怒るわけがないから、人間には干渉しないという決まりのために手を出せないまま、ずっとイライラを溜め込んでいたんだろう。

ニコデムスが幅を利かせていた頃のシュタルクと同じようなことをしていたと、さっき誰かが言っていたわね。

そりゃ怒るわよ。

「お待ちください！」

外に出ようとした私とエセルを、大きな声が呼びとめた。

さっき私に触れようとして、氷漬けにされた若者の声だ。

「先程は失礼しました。しかし私の話は聞いて帰ったほうがいいですよ。陛下にお伝えしないと大変なことになるかもしれません」

へえ、私と陛下を脅《おど》そうとするんだ。

脳みそも氷漬けにしたほうが他の人に被害を広げないためにはいいのかもしれないわね。

「そう？　私を引き留めるのなら、よほど興味深い話なのよね？　がっかりさせないでよ？」

今の私はきっと氷の令嬢と言われるような顔をしていると思うわよ。

無意識に冷気が漏れ出しているかもしれない。

「もちろんですとも。ではあちらで話をしましょう」

「なぜ？　ここでいいから早く話して」

「……ここでは多くの人に聞かれてしまいます」

「かまわないわよ」

少数で別室に行くほうが、あとで面倒な話になるじゃない。

さっさと話しなさいよ。

「私はバントック派の生き残りです」

若いから、誕生日会のあったころは子供で呼ばれなかったのかな？

それとも親の力がなかった？

「バントック派を殺害した犯人はニコデムスの信者と言われていますが、実は違うということをご存じですよね。皇帝陛下は真犯人を隠蔽《いんぺい》しているんです！」

若者は頭に大きなタオルをかぶり、言ってやったぜという雰囲気で鼻息荒く仁王立ちしている。

「……隠蔽？　図書館に行けば、全ての資料が閲覧できるはずよ」

「へ？」

間の抜けた顔できょろきょろすんな。

こいつに妙なことを吹き込んだのは誰よ。

「資料を読んでいないの？」

彼だけじゃなくマクフィー伯爵も含めて、お父様と同じかそれ以上に年上の男たちが決まり悪そうに目をそらす姿って、本当に情けない。

「カーライル侯爵」

びくってすんな。

「あなたはあの場にいましたよね。一部始終を目撃したはずです。きちんと何があったのかを説明していないんですか？」

「しました」

私の言葉にかぶせるようにカーライル侯爵は答えた。

「したのに、彼はあのようなことを言っているのですか？」

「……はい」

「は？　どういうことですか？」

「黙っていてください」

驚いたことに、若者を黙らせたのはユインだった。

前回会った時の印象と今の彼は別人みたい。

無表情で鋭いまなざしになると、皇族兄弟にもっと似ているわ。

「しかしですね、クワント伯爵」

ライリー男爵もバントック派の残党か。

「この件に関しては、私が事実を確認するとお約束しましたよね。それなのにマクフィー伯爵と一緒になって、このようなことに関わるというのはどういうことですか？　あなたは反辺境伯派だということでよろしいのですね」

「え？　それは……みなさんも……」

「私は反辺境伯派を名乗ったことはありません」

ほーーーーーー。

つまりマクフィー伯爵が勝手に話を広めているだけで、バントック派を束ねているのはユインなのね。

でもまだ掌握しきれていなくて、反辺境伯派に流れているメンバーもいるってところかな。

それともまともな人にだけ声をかけて、あとは放置で反辺境伯派に押し付けているとか？

そしてユイン自身は反辺境伯派ではない。

だから私にも普通に話しかけてきたってところね。

「妖精姫、大変失礼しました」

深々と頭を下げたユインに、私はめいっぱい親しげな笑顔を向けた。

「とんでもありませんわ。クワント伯爵も巻き込まれて大変でしょう？　また別の機会にゆっくりお話ししましょう。カミルもあなたとはまた話してみたいと言っていたんですよ」

使わせてもらってごめんよ、カミル。

でもこれでユインの発言力は五割り増しくらいになるんじゃないかな。

「エセル。皇宮にいくわよ」

「承知！」

エセルってたまに言動がおかしいのよね。

近衛ってこうやって答えるの？　了解ですじゃないの？

外に出ると、雪が積もり始めていた。

正面玄関から、転移場所に指定されているガゼボに向かう小道の両側には、手入れの行き届いた庭が広がっているのに、このままの天候が続いてしまったら枯れてしまうかもしれない。

「瑠璃、さすがにやりすぎじゃない？」

歩きながら空中に向かって声を掛けたら、ガゼボのすぐ前に瑠璃が姿を現した。

『あの者たちが悪いのだ』

気持ちはわかるんだけど、今頃皇宮は大騒ぎよ。

「でもね、このままだと陛下とモニカの結婚式にも影響してしまうでしょ？　彼らの領地はいいとしても皇都の気温は戻してくれないかな」

言った途端にピタッと雪が止み、ぐんぐん気温が上昇した。

エセルは御令嬢とは思えない表情で半笑いになっている。

『まったくこの男ったら、今までと同じように石にすればいいのに氷漬けにするなんて。おかげで皇都の気候までおかしくなっちゃったじゃない』

一緒に出てきた琥珀《こはく》はお怒りモードだ。

『石にしてしまっては話せないだろう』

『顔だけ石にしなければいいじゃない』

「そもそも、私を呼びとめようと手を伸ばしたくらいで石や氷にするのはやりすぎでしょ」

いっせいにこっちを見ないで。

私の言っていることはおかしいの？

「ディア、私は精霊王が罰を与えてくれてよかったと思うわよ。特にあの若い男は爵位も継いでいないのに、独身の御令嬢に、しかも妖精姫の肩に触れて呼びとめようとするなんて非常識だわ。腕力で自分の思うようにしようとしたということなのよ」

いやいや、彼のやったことは悪いと思っているよ？

でもエセルと精霊獣たちがいるんだから、私に指先が触れただけでもぼこぼこにされたでしょう？

「精霊王様が守ったということが重要なの。平和が続いて、妖精姫も普通の毎日を送るようになって、いろんな場面で見かける機会も増えたせいか、最近少し、妖精姫の存在のありがたさを忘れている人がいるのよ」

「忘れていいのよ。ルフタネンに嫁ぐまでに、妖精姫がいなくても大丈夫って雰囲気にしたいの」

「それはそれ。これはこれ」

『エセルはよくわかっているわね。ディアは危機管理が大雑把《おおざっぱ》でいけないわ』

『まったくだ。エセル、制服姿もいいが、ドレス姿もなかなか似合っているぞ。背が高いから見栄えがする』

うわー。意見に賛同してくれたからって、琥珀も瑠璃も調子いいなあ。

「ディ、ディア。どうしよう。私、精霊王様に認識されている」

「そりゃされるでしょ。何年、私の友人をやっているのよ」

自分が目立っていることに自覚がない人は困るのよね。

『追いかけてくるよ』

ジンが顔のすぐ横まで飛んできて知らせてくれた。

「誰？」

『ダグラスとユイン？　もうひとりは名前を知らない』

「おそらくエイベルです。マクフィー伯爵家の嫡男ですよ」

控えめにレックスが教えてくれた。

あの眉毛の太いお兄ちゃんか。

何か話があるのなら、聞いておいたほうがいいかもしれないな。

三人のほうに顔を向けた私を守るために、私とエセルの精霊獣たちが身構える。

レックスと彼の精霊獣たちは、一歩下がった位置で成り行きを見守る構えだ。

この執事、最近は前に出てこないのよ。

すっかり私の強さを信用しているレックスは、必要な時以外は存在感を消す方法を身につけたみたいで、私でもすぐ後ろに彼がいることを忘れてしまいそうになることがある。

でもエセルもアランお兄様も、レックスは強いって言うのよね。

「お嬢の執事に求められるのは進んで敵を倒す強さではなく、どのような場所に行くことになっても決して足手まといにならず、お嬢の傍で生き残ることのできる強さだと思っております」

と、いいことを言っているようでいて、私がとんでもないところでとんでもないことをしそうだと言っているだけだろって台詞をほざいていたっけ。

「遠いわね」

ダグラスたちが足を止めたのは、声を張り上げないと聞こえないくらいに遠い位置だ。

精霊王がいるのを見たらそうなるか。

「話があるならもっと近くに来てって伝えて」

『ほい』

軽い返事をしてリヴァがダグラスの元に飛んでいく。

言うことだけ言って、さっさと戻ってきたリヴァの後ろから、三人はおずおずと近付いてきて深々と頭を下げた。

「申し訳ありませんでした」

「あなたたちが謝る必要はないわ。謝罪が目的なら私はもう行くわね」

「いや、待ってくれ。少し時間をくれないか？」

三人の中で唯一私に慣れているダグラスが、慌てて頭をあげた。

「マクフィー伯爵たちは次回の大会議で、バントック派殺害の真犯人を発表することで陛下に圧力をかけようとしている。いや、わかってる」

私の表情を見て、慌てて言葉を続ける。

「そんなことは陛下にとって、なんの問題にもならないんだろう。でも僕たちは何も聞かされていなくて事情を知らないんだ」

「自力で調べるべきだということは承知しています。しかしもう大会議まで時間がありません」

ユインの表情も必死だ。

大会議って八日後よね。

資料閲覧の申し込みをして許可が出てから、資料を読み込んで対策を練る。

確かにぎりぎりだな。

「初対面がこのような形で申し訳ありません。エイベル・マクフィーと申します。父の愚挙を止めなくては一族全てが巻き込まれ、存続さえ出来なくなるかもしれません。お願いします」

確かにね。

あの話を蒸し返そうなんてしたら、また潰される家がいくつも出てくることになるわよね。

それは、陛下も望んでいないことなんだよな。

「いいわ。でもここでは誰が来るかわからないわね。エセル、先に皇宮に行って報告をお願い。私も話が終わったらすぐに行くから」

「承知」

「……瑠璃、ベリサリオの泉の傍に転移してもらえるかな。あそこなら誰にも邪魔されないでしょう？」

『いいだろう』

もう玄関先にまでマクフィー伯爵たちが出てきている。

精霊王がいるので近付けないが、他の貴族も窓の中からこちらを注目しているようだ。

「瑠璃、お願い」

『わかった』


一瞬で転移した泉の周辺は、この時期は淡いピンク色の花に埋め尽くされている。

今でも定期的に精霊を求めて訪れる子供たちのために、通路と木で作られたベンチやテーブルの周りだけ石畳になっているので、そこを除いた一面がピンクピンクピンクピンクだ。

それに空の青と遠くに見える海の蒼。泉の澄んだ水色も合わさって、ぼーっと何時間も見ていられる美しさよ。

でも今の彼らにそんな心の余裕はないだろう。

「あの日、何があったのか知りたいのよね」

「はい」

レックスがベンチを綺麗にしてくれたので、私は遠慮なくそこに腰を下ろした。

「毒殺事件のあった日、私はまだ六歳だったのよ。もうずいぶんと前の話よね」

瑠璃と琥珀は空中に浮かんだまま見えない椅子《いす》に優雅に腰を下ろしているので、ダグラスとユインとエイベルの三人が姿勢よく立っている様子は、職員室で怒られている生徒みたいだ。

「あの日は同時に三件の重大事件が起こったの」

「三件？」

本当にこの話を初めて聞くみたいね。

三人とも驚いた顔で私を見ている。

「ひとつは皇太子殿下と私を中心に、エーフェニア様にバントック派との癒着《ゆちゃく》を指摘し、退位を促すため皇宮に乗り込み占拠した事件。もうひとつは私の家族や友人をニコデムス教徒が毒殺しようとした事件。そしてもうひとつがバントック派大量毒殺事件よ」

「六歳で……退位を促す？」

「ああ、それは僕も知っている。ディアは幼い頃からすごかったんだ」

「ありえない」

一番驚いているのはそこ？

違うでしょ。

もっと重要なことがたくさんあるでしょ。

「しかもふたつの事件は同じ室内で起こっていたの。バントック侯爵は自分の派閥以外の貴族を第二皇子に近付けないようにするために、広い部屋に観葉植物を並べて隔離した席を作って、派閥以外の貴族をそこに座らせたの。その中には主な公爵家や侯爵家の人たちもいたわ。つまり私の家族やお友達は、全員そちらに座っていたの」

第二皇子の誕生日のお茶会は、高位貴族が大勢集まる数少ない場面だ。

同時に多数の人間を殺害しようと狙っている犯人にとっては、千載一遇《せんざいいちぐう》のチャンス。

それでまったく関係のないふたつの事件が同時に起こってしまった。

「ニコデムス教徒が使った毒は質が悪く、一口飲んだくらいでは死に至ることはなかった。それに精霊獣が複数いたので、急いで浄化と回復が出来たおかげでこちらでは幸いなことに犠牲者が出なかったの。でも観葉植物の向こう側のバントック派の座っていた席のほうで使用されたのは、即効性の強い毒だったために、気付いた時にはもうほとんどの人が息を引き取った後だったのよ」

その時エルっちは、バタバタと倒れていく貴族たちと、泣き叫ぶ御令嬢たちの只中《ただなか》で一部始終を見ていたんだ。

それでも立派に育ってくれた彼は強い。

あの皇族兄弟がいるからこそ、今の帝国があるのよね。

「ニコデムスが使ったのとは違う毒だったんだね。……それは誰が？」

「ジーン様よ」

私の答えにダグラスは、一瞬考えこむ様子を見せた。

「ジーン様？　エーフェニア様の弟君で、病弱なために表舞台には出てこなかったっていう？」

ダグラスの反応で、当時ジーン様の存在が、如何に貴族たちに忘れられていたかがよくわかる。

そういえばエーフェニア様には年の離れた弟がいたような気がする……それがその当時の貴族たちの反応だった。

「ダグラス……病弱だろうが何だろうが、エーフェニア様に弟がいたのなら、本来ならその人が第一位皇位継承者だったんじゃないのか？」

エイベルの指摘にダグラスがはっと表情を引き締めた。

父親と違ってエイベルはまともそうね。

「そのとおりよ。本来、皇位を継ぐのはジーン様のはずだった。先帝が亡くなった時、ジーン様はまだ幼かったので、成人するまでの期間だけエーフェニア様が皇位につくという約束だったの。だけどエーフェニア様も将軍の父親だったバントックも、一度手に入れた権力を手放せなかった」

戦争の英雄になった夫とふたりの可愛い皇子。

女帝エーフェニアは国民に大人気で、貴族たちも彼女の意見に逆らえない。

しかもめんどうな実務はバントック派がやってくれる。

権力が集中しようが、バントック派が賄賂《わいろ》を受け取り法律を捻《ね》じ曲げようが、幸せにどっぷり漬かっていたエーフェニア様にはどうでもよかった。

「ジーン様はバントック派にずっと軟禁されていたのよ。エーフェニア様はジーン様の存在を忘れたのか、忘れようとしたのか、息子を皇太子に指名するなんてことまでしてしまった。ジーン様にとっては、もう皇位を譲る気はないと宣言されたのと同じよね。でももっとひどいのがね、バントックはうまく操れそうな第二皇子のエルドレッド殿下を次の皇帝にしたかったってことなの。それでジーン様も皇太子殿下も、何度も暗殺されそうになったのよ」

ジーン様は全属性の精霊獣を育てていたし、親友が近衛騎士団長のパオロだった。

皇太子殿下、つまり今の陛下にはパウエル公爵という協力者がいた。

彼は精霊獣のいるエルトンとギルという側近を陛下の傍に置き、警護に当たらせた。

「おかげでふたりとも無事だったけど、何度も何度も命を狙われるって精神的にかなりきついわよ。それなのにエーフェニア様は周りで何が起こっているのか知ろうともしないで、将軍との生活と権力に夢中。ジーン様の行動は間違っていたけど、バントック派が今でも権力を握っていたらと思うとぞっとするわ」

「……殺害……陛下まで……」

ユインが力なくその場に膝をついた。

実の父親が陛下を暗殺しようとしていたというのは、かなりの衝撃だったんだろう。

「もし反辺境伯派がジーン様のことを蒸し返すようなことをしたら……バントック派の罪も放置は出来なくなるだろうね」

「そうね。ダグラスの言う通りよ。そもそも陛下はジーン様の罪を隠蔽なんてしなかったしね。ただその時に起こったことを、あまり大々的に発表しなかっただけ。まあそれも隠蔽と言われればそうなんだけど、その場にいた高位貴族たちは、自分の一族の貴族たちにきちんと説明したはずよ。

だからそんな話を蒸し返しても、高位貴族とその関係者からは今更何を言っているんだって反応が返ってくるだけよ。カーライル侯爵は説明をしなかったのね」

「父は……事件の衝撃が大きくて、しばらく体調を崩していたんだ」

すっかり肩を落としているダグラスは、ただでさえ最近痩せ気味なのに更にやつれた顔をしている。

隣にいるエイベルも座りこんだままのユインも、俯《うつむ》いているから表情がわからないけど、たぶん同じような顔をしているんだろうな。

「ディアやクリス、陛下などが子供とは思えない言動を繰り返すことも恐怖だったようだ。同じ人間とは思えないと言って、自分はああいう人たちと渡り合っていかなくてはいけないのかと」

えー、私のせいで衝撃って何さ。

可愛い妖精姫だったでしょうが。

カーライル侯爵には何もしなかったわよ。

「父は穏やかな生活を望む平凡な人間なんだ。領地でのんびり暮らすことが好きで皇宮にも滅多に行かなかった。祖父の仕事を受け継いでそのまま自分も繰り返していれば、通行税が入って領地経営も今まで通り問題なくやっていけると思っていたんだよ」

「それがベリサリオのせいで駄目になったと思っているのね」

「まったく」

大きなため息をついて、ダグラスは乱暴に頭をかいた。

「周りの変化を眺めているだけで何もしなかったせいで、父は領地民や一族の者達の信用を失ってしまった。確かにベリサリオがうちの領地を通って交易をしなくなったのは痛手だけど、商売なんだからそれに文句を言っても仕方ない。対策を取らなかったうちが悪いんだよ。でも父は事件のせいで新年の宴《うたげ》以外は皇宮には行きたがらない。あの時の光景を思い出してしまうんだそうだ。……それでマクフィー伯爵から声をかけられて飛びついてしまったんだ」

あの日の事件の衝撃でつらい思いをした人は大勢いる。

私も友人たちも悪夢に悩まされ、精神的に不安定になる時もあって、誰かのうちに集まって一緒に泣いて励まし合って、何年もかけて事件の記憶を克服したんだ。

お兄様たちだって、私を慰《なぐさ》めながら震えていたこともあった。

事故現場はそれだけ凄惨《せいさん》な状況だったのよ。

それでも子供の私たちはまだいい。

親たちだって大きなトラウマを抱えていたはずなのに、子供の心配もして、事件の後処理もしなくてはいけなくて、自分のことは後回しになっていたんじゃないのかな。

「悪いな、ダグラス。父のせいでカーライル侯爵家まで巻き込んでしまって」

「いや、父が話に乗ったせいでマクフィー伯爵の歯止めが利かなくなったんだろう。ともかく大会議で毒殺事件を蒸し返させるわけにはいかない。陛下を暗殺しようとしていたなんてことが明るみに出たら、生き残ったバントック派は全員爵位剝奪《はくだつ》の上国外追放になってしまう」

説明をしたから、私の役目は終わりよね。

瑠璃も琥珀もダグラスたちのことを怒っていたわけではないから、気の毒そうに彼らを見ていた。

でも人間には干渉しちゃ駄目よ。

私も、この件にこれ以上巻き込まれては駄目。

「ディアドラ様」

地面に膝と両手をついたまま、ユインが顔だけあげて私を見上げた。

眉尻が下がって、ずいぶんと幼く見える表情になってしまっている。

「なぜ、陛下は事件が起こった時にバントック派の罪を明らかにしなかったんですか？　私は遺産を受け取れただけではなく、しっかりと教育を受けられるように優秀な教師も紹介していただきました。自分を殺そうとした男の息子など、顔も見たくないのではないんですか？」

そんな泣きそうな顔で言われてもなあ。

「それは確かに」

エイベルが頷いた。

「父はどうせ、ジーン様が殺人犯だと知れ渡ったら皇族の名に傷がつくと思って、事件のことは闇に葬《ほうむ》ったと考えているんですよ。でも今の話を聞いたら陛下は被害者じゃないですか。むしろジーン様の罪を大々的に広めたほうが、即位の正当性を高められます」

父親と違って息子はまともなんだよなあ。

マクフィー伯爵は婿養子《むこようし》でただでさえ肩身が狭かったのに、優秀な息子に一族の支持が集まってしまって、一発逆転しようとしてあほなことをしでかしたってところかな。

巻き込まれた周りは大迷惑だよ。

「ぶっちゃけ」

「ぶっちゃけ？」

ユイン、なんでそこを真顔でリピートするのよ。

精霊王とレックスが笑っているじゃない。

「一番の理由は、貴族の数をあれ以上少なく出来なかったっていうのが大きかったと思うわ。元宰相のダリモア伯爵の失墜《しっつい》で何人も爵位を失った貴族がいたところに、一度にあんなにたくさんの貴族が亡くなったでしょ。これ以上貴族が減ったら、領地を治める貴族が足りなくなって国力低下間違いなし。他国に付け入る隙を与えてしまうわ。それとこれはあくまで私の憶測なので、正しいとは限らないってことを忘れないでね」

順番に顔を見て、ダグラスたちが頷くのを待ってから話を続けた。

「本来なら今頃皇位についているのはジーン様で、皇太子はジーン様の子供がなっていたはずでしょ？　エーフェニア様と将軍は功績があったから公爵家を立ち上げることが出来ただろうから、陛下は公爵家当主になってジーン様の政《まつりごと》の手助けをする立場だったはずなの。でも自分が皇位を継いでしまった」

陛下は何も悪くないし、陛下だからこそブレインは協力したんだと思うけど。

「あなたが陛下に申し訳ないと思うように、陛下も心のどこかでジーン様に負い目があるんだと思わない？　ジーン様があんな行動を起こすほど追いつめられる前に、何か出来なかったんだろうかって」

「そんな、陛下はあの頃はまだ子供だったんですよ」

「陛下はそんなことは言い訳だって思っているでしょうね。だから私生活が全くなくなるくらいに国のために働いているし、あなたの気持ちもわかるから罪に問いたくはないんじゃないかな」

「………」

肩を落として俯いて、ユインは何やら考え込んでしまっている。

ダグラスもエイベルも、私の話を聞いていろいろと思うことがあるんだろう。

難しい顔で黙り込んでいた。

「そんな陛下がやっと家庭を持つのよ？　陛下とモニカの結婚式の邪魔になるようなことをする人は、許してはいけないと思わない？　陛下のためにもこの国のためにも」

ここまでずっと順調で帝国は幸運だと思う人もいるかもしれない。

でもそれは陛下やブレイン、その他大勢の人たちの努力の成果だ。

それを私利私欲のために邪魔するなんて、許されていいわけがないのよ。

「そう思います」

ユインがゆっくりと立ち上がった。

「いろいろとお話しいただけて助かりました。ありがとうございます」

「私共はもう戻らなくてはいけません。ぶしつけなお願いをして申し訳ありませんでした」

深々と頭を下げるユインの背中に手を添えながら、エイベルがしっかりとした口調で言った。

ダグラスも彼も硬い表情ではあるけど、自分たちの置かれた状況を知って、どうにかしようと決意したようだ。

「あっ！」

やだ、忘れてた。

今日はこれを渡すのも目的のひとつだったわ。

「あの……」

だからさ、ユインはなんでこんなびくびくしてるのよ。

私が何をしたっていうんだ。

「ディア、どうかしたのか」

「ダグラスまで腰が引けてるのはなんなの？　突然あなたたちを石像にしたりしないわよ。これよこれ。紹介したい商品があるって前に話したでしょ」

ブレスレット型のマジックバッグから、じゃーんといいながら取り出したのは靴の中敷きだ。

「椅子やベッドのクッション性をアップしたのと同じ素材が使われているの。足の形状に合わせて土踏まずの部分を高くして、衝撃吸収される優れものよ。ここの部分を切って自分の足のサイズに合わせられるの」

そう、私が作ったのは靴の中敷きでした。

この世界の公式行事は立っている時間が長いうえに、舞踏会なんて踊るのよ。

特に女性なんて踵《かかと》の高いデザイン重視の窮屈《きゅうくつ》な靴を履いているんだから、足への負担は相当なものなの。

「足のサイズわかる？　それはあげるから見本として持って帰って。ほら、サイズに合わせてあるのもあるから、靴の中に敷いてみて。あとこれは女性用ね」

野郎は独身だろうが何だろうが、人前で靴を脱いでも問題ないからね。

さっきまで深刻な話をしていたので空気の変化についてこられない三人を急き立てて、靴を脱がせて中敷きの使い方を伝授した。

「お嬢、ちょっと待ってさしあげてください。靴を取り上げたらだめです。ああああ、裸足で地面に立たせているじゃないですか」

「大丈夫よ。綺麗にしてあげて」

魔力の豊かな泉の傍で、魔力が溢れている私や精霊王がいる時に魔法が使えるもんだから、精霊たちは大喜びだ。

光の色がいろいろ見えるってことは、まるで関係ない魔法を使っているやつがいるな。

「これはすごい」

「確かに楽だ」

ねーーー。

安い中敷きでもあるとないとでは大違いだったもん。

カットしてサイズ調整を出来るようにしたおかげで、細かい型を作らなくて済むっていうのもナイスアイデアなのよ。

考えたのは私じゃないけどね。

前世の百均は便利グッズの宝庫だったもんなー。

でももうだいぶ忘れちゃったのよね。

ノートにメモってある文章を見ても思い出せなくなっている。

「特許の資料がこれね。これを基本にすればいろんな中敷きが考えられるでしょ。ちなみにフェアリー商会では足の匂いを消す中敷きを近く発売予定よ！　買ってね！」

サムズアップしながらウインクしたら、唖然《あぜん》とした顔で三人並んで固まっていた。

反応が鈍いなあ。

そんなんじゃ女の子にもてないわよ。

「本当にすみません。お嬢には悪気はいっさいないんです」

「レックス、なんであなたが謝るのよ。便利な商品を紹介したんだから、むしろお礼を言われるべきよ」

「お嬢、空気を読んでください」

そりゃあまあ、毒殺事件の話のあとに商品を売り込むのは非常識だったかもしれないけど、もう十年も前に起こった事件を引き摺《ず》って、関係のない彼らまでが生きにくくなるのは嫌じゃない？

私としては普通に接していきたいわけよ。

「次に会う時にはもっと楽しく商売の話をしたいわね」

「ユイン、気をつけろ。この笑顔で何を売りつけてくるかわからないぞ」

「ダグラス、今、なんて？」

とはいっても、親があれだからなあ。

家族の問題には踏み込めないから何も言えないし、何を言ったらいいかもわからないわ。

『帰るのなら私が送って行こう。先程の屋敷でよいのか？』

瑠璃が申し出てくれたので、三人は何度も礼を言って連れて帰ってもらうことになった。

「ディア、ありがとう。この件が片付いたら改めて会いに行くよ。結婚のお祝いもしたいしね」

「私の結婚はらいね……」

言葉の途中でダグラスが転移してしまって、誰もいない空間に寂しく言葉が消えていった。

私ものんびりはしていられない。皇宮に行って報告しなくちゃ。

『あなたは私が送って行くわ』

「ありがとう、琥珀」

『あの子たちは頑張り屋のいい子たちなのにね』

三人がいた場所を見ながら呟く琥珀の言葉に、私は黙って頷いた。

こういうことがあるたびに、ベリサリオに生まれた幸運に感謝しないではいられない。

神様が選んでくれたんだろうな。

本当にありがとうございます。

帝国大会議

私が皇宮を訪れた時にはエセルが詳しく報告をしてくれていたので、彼女と別れてから後の話を簡単にするだけで済んだ。

話を聞いた陛下やブレインのメンバーの顔に浮かんでいたのは、怒りではなく苛立《いらだ》ちと歯がゆさだった。

今の帝国は黄金期と言ってもいいくらいの状況なの。

バントック派という反面教師がいたために、高位貴族は権力が集中することを嫌って、優秀な人材を幅広く政治に参加させている。

経済も順調で国民の生活水準が高まり、陛下は貴族にも国民にも大人気。

そりゃどんな時でも人間が集まれば諍《いさか》いや問題は起こるものだけど、大きな事件もなく平和な毎日が続いている。

それなのに、誰もが苦しんだあの大事件を蒸し返そうと考えるだなんて……ってまともな頭の持ち主なら考えるところよ。

「まともな人はこんな問題は起こさないのよね」

マクフィー伯爵たちはきっと、皇族の弱みを握ったって大喜びしたんだろう。

それをちらつかせれば得られるものがあるって思ったんだろうけど、陛下もブレインもこういう問題が起こらないように、十年前から貴族たちへの根回しはしっかりやっていたそうだ。

ベリサリオでぬくぬく守られていた子供の私は知らなかっただけ。

だからマクフィー伯爵が会議で暴れても痛くも痒《かゆ》くもないんだって。

彼らが身を滅ぼしていくだけなんだってさ。

「今日は議題が多いからディアには関係のない話も多いだろうけど、我慢して座っているんだよ」

だから大会議の当日も、陛下もブレインもいつもとまったく変わりがなかった。

結婚式の前に反辺境伯派を一掃するいい機会だと考えているみたい。

「私をいくつだと思っているんですか」

「さすがにこの場に菓子類は持ち込めないからさ」

「ああ……お腹が鳴るかも」

大会議と言っても、会議が行われるのはいつもと同じ部屋だ。

でもこの部屋の椅子が人で埋まるのは初めて見たかもしれない。

「私の席、お父様の隣のほうがいいんじゃないんですか？」

陛下やブレインが並ぶ席の端に私の席が用意されていたから、案内された時に本当にここでいいのかって確認しちゃったわよ。

「妖精姫の仕事だよ」

結婚式には精霊王も顔を出すし、各国からのお客様に妖精姫として会わなくてはいけないので、ブレインと同じ扱いってことにしたそうだ。

不服そうな顔をするわけにはいかないから、にこやかな顔でクリスお兄様と会話しているけど、本当はもう帰りたい。

隣でクリスお兄様は大量の資料を整理して、必要な時にすぐに取り出せるように並べていた。

それって宰相の仕事じゃないの？　って思いながら宰相のほうを見たら、あちらはあちらで大量の資料と配布物に囲まれて座っている。

えー、この会議、何時間かかるんだろう。

「結婚式に関係する公式行事の説明と役割分担だけでも、かなり時間がかかると思うよ」

必要な時だけ呼んでくれないかなあ。

注目を浴びる席にずっとおとなしく座っているのって、けっこう疲れるんだよなあ。

いや、そうやっていつもこういう場から逃げていたから、知らないことが毎回出てくるんだ。

せめて陛下の結婚式に関することくらいはちゃんと把握しなくては。

「……にしても、開始が遅くないですか？　もう予定の時間ですよ」

「当日になって新しい議題を持ってくる者がいたり欠席する者がいたりすると、届け出の処理が必要になるからね。たいてい時間通りには始まらない。今日はどうしたのかな？」

クリスお兄様と私の会話を聞いていたライが、急いで確認しに行ってくれた。

会場を見渡してみても、まだ席につかずに話している人もいるから誰が欠席かはわからない……

あれ？

「カーライル侯爵家の席だけ誰も座っていませんね」

「ああ、本当だね。さすがに侯爵家が空席のままでは始められないだろうね。欠席の届けが出ていないのかな」

何気ない風に話しているけど、クリスお兄様の口端が楽しげにあがった。

例の話をこの場でするはずなのに欠席だとしたら、何かあったのかな。

「クリス様、カーライル侯爵とマクフィー伯爵が遅れているそうです」

しばらくしてライが戻ってきた。

マクフィー伯爵もいない？

何か良からぬことを計画してるんじゃないでしょうね。

「本人だけでなく、誰ひとり来ていないんだそうです」

本人の体調が優れない等の理由で欠席は、特に珍しいわけじゃない。

でもそういう時には書記を出席させて、会議の内容を把握出来るようにするものなのよ。

もしくは代理人として誰かを寄越すとか。

「へえ」

ちらりとクリスお兄様が横を見たので視線を追うと、陛下も側近の話を聞きながらこちらを見ていた。

うわあ、陛下とクリスお兄様が目でお話している。

眼福だわあ……って、なんで陛下はこっちを見るのよ。

私は目でお話するようなことは何もないわよ。

「もしかして……クリスお兄様、何かしたんですか？」

「はあ？」

身を寄せて小声で聞いたら、呆れた顔をされた。

「このくそ忙しいのに、勝手に自滅するのがわかっているやつらと遊んでいられないよ」

「……ですよね」

ブレインは放置すると決定していたもんね。

じゃあどうしたんだろう。

ぎりぎりになって怖気《おじけ》づいた？

「もう会議の開始時間は過ぎているが、まだ到着していない者が何名かいるようです。結婚式前の大会議なのでもうしばらく待つことにします。軽食を用意するので、もうしばらく待機していてください」

パウエル公爵が前方の発言台に立って話すと、室内は大きなざわめきに包まれた。

高位貴族の席は最前列なので、カーライル侯爵家の関係者が座る一画だけが空席なのが嫌でも目立つ。

カーライル侯爵の微妙な立場は有名だもんね。

その彼が大遅刻だって聞いたら何かあると思うわよ。

私は、お茶と軽食を出してくれるというのなら待つのもかまわなくてよ。

「ディア、僕のも食べる？」

「いいえ。気持ちだけで充分です」

せっかく顎にレースがこすれてくすぐったく感じるくらいにハイネックのくすんだ錆《さび》色のドレスを着て、髪をきつく結いあげて、化粧も大人びて見えるように仕上げてきたのに、会議の席でバクバク食事していたらおかしいでしょう。

そうじゃなくても、妖精姫は大食いらしいって言われているのよ。

「大食いじゃないんです。少量ずつ分けて食べているんです」

「少量って、人によって基準が違うよね」

クリスお兄様、待たされて退屈で、私にちょっかいを出してますよね。

「そういうの女性に嫌われますよ」

「女性に嫌われるのはかまわないけど、ディアに嫌われるのは困るな。お詫《わ》びにほら、このジャムをお茶に入れたらどう？」

「いれます。ジャムまで用意しているなんて、さすが皇宮ですね」

「違うよ。仕事中や会議中にお茶ばかり何度も飲むから、気分転換になるように僕が自分で用意しているんだよ」

その割には、ジャムの瓶がブレインの皆さんの手から手に渡っていますけど？

がんがん中身が減っていますよ。

みなさん、意外と甘党なのね。

がっつりと軽食が出てきたし美味しいお茶もあるし、あと三十分くらいは待ってもいいかな、なんて一瞬思ったけど待って。

始まるのが遅くなると終わりの時間も遅くなるわよね。

やっぱり早くして。

「失礼します！」

アランお兄様の大きな声が会場に響いた。

はっとして声の方向を見ると、正面入り口からアランお兄様が早足でブレインや陛下のいる正面の席に、つまり私もいる方向に近付いてきていた。

「カーライル侯爵家のダグラスとマクフィー伯爵家のエイベル、そしてクワント伯爵が会場の外に来ています。会議に出席する貴族も何人か一緒におり、彼らは先に自分の席に入るように促しましたが、全員で陛下に報告したいことがあるそうです」

ダグラスとエイベルは父親の代理ってこと？

だったら委任状を入り口で提出すればいいだけなんじゃないの？

「通せ」

「はっ」

陛下の答えを聞いて、アランお兄様はまた早足で会場を出ていった。

フライを使えたら早いのにね。

「そう来たか」

サンドイッチを食べながらアランお兄様の背中を眺めていたら、クリスお兄様がいかにも楽しそうな声で呟いた。

「カヴィル、この資料を片付けてくれ。いらなくなったようだ」

え？　それはマクフィー伯爵があほなことを言い出したときに、反撃材料として使用するために用意した資料よね？

本人がいなくても、他の辺境伯派が議題にしてくれとごねる可能性はあるのでは？

「大人数だな」

扉のすぐ外に待機していたようで、アランお兄様が扉から顔だけ出して声をかけると、すぐにダグラスが会場に入ってきた。

エイベルとユインが後ろに続き、更にお年を召している方々が六人、若い人達の歩く速さについて行けないのか少し遅れて入場してきた。

「カーライル侯爵家とマクフィー伯爵家の長老の皆さんですね」

入場してきたメンバーに気付いて、ざわついていた会場が少しずつ静かになっていく。

彼らが陛下とブレインの前に並ぶ頃には、しんと静まり返っていた。

「大会議に遅れたうえに、時間をいただいて申し訳ありません」

ダグラスが片手を胸に当てて頭を下げるのに合わせて、エイベルとユイン、長老方も頭を下げた。

「至急報告させていただきたいことがあります。こういう機会ですし、皆様にも聞いていただきたいのですがよろしいでしょうか」

「いいだろう。声の拡散の魔法を」

陛下が頷くのを待ち、パウエル公爵が指示を出した。

この会場全体に声を届かせるには拡声器のような魔法が必要なので、専門の人が用意されている。

「私はカーライル家長男のダグラスです。父が会議に出席できなくなりましたので、経緯を説明させていただきます。既にご存じの方もいらっしゃるでしょうが、父は以前より体調があまりよくありませんでした」

「うそ」

思わず小声で呟いてしまってから、慌てて口を手で覆った。

大丈夫。私の周りには拡散魔法はかけられていないから。

むしろ声が外に聞こえなくなるような結界が張ってあるかもしれない。クリスお兄様ならありえる。

「特にここ何日かはベッドから起き上がるのが非常につらい状況で、本日もぎりぎりまで出席しようと準備をしていたのに無理でした。これでは侯爵としての実務に支障が出るということで、父は引退し領地で体調回復に専念すると決意し……」

ダグラスの声がかき消されるほどに会場がざわめいた。

特に反辺境伯派と元バントック派の人たちは大騒ぎだ。

「静粛に!!」

議長が声を張り上げ、カンカンとガベルを鳴らす。

大会議当日に侯爵家の当主の引退が伝えられるなんて、誰だって驚くわよ。

「続けてください」

「はい。父からの委任状と爵位継承の書類を預かってきております。三名の証人も同行しております」

体調不良っていつから？

ダグラスの誕生の時は元気そうだったのに？

「やるな」

隣でクリスお兄様が呟くのが聞こえた。

ブレインの誰ひとり驚いていないってことは、カーライル侯爵の体調不良は有名だったの？

「ふむ」

陛下は顎に手を当てて考え込みながらダグラスの顔をじっと見つめ、しばらくして視線をエイベルに移した。

「話はこれだけではあるまい。他の者の話も聞こう」

「マクフィー伯爵家のエイベルと申します」

ダグラスと違ってエイベルは陛下と顔を合わせる機会なんて滅多にないから、あの鋭い目で睨《にら》まれたらビクビクもんなんじゃない？

「父はここ何日か領地に帰っておりまして、本日会議に出席するために屋敷に戻る途中で精霊車の事故にあいまして」

はあ？　なんだって⁉

「後頭部と腰を強打し、命には別条はありませんが動けない状態です」

ああ……ああ……そうか。そういうことか。それでクリスお兄様も陛下もブレインも驚かなかったんだ。

ダグラスもエイベルも、たとえ当主でも、たとえ父親でも排除し、自分たちが当主になることで一族を守ることを決意したんだ。

「父は意識が朦朧《もうろう》としているため、爵位譲渡の手続きが出来ません。ですので法律に従い、一族の署名を集め、保証人を用意しました」

「ちょっと待て」

一番重要な部分を話し終え、少しだけ緊張が取れた様子のエイベルとダグラスに陛下が声をかけた。

「大怪我で重症なのは理解した……が、精霊がいるだろう。カーライル侯爵もマクフィー伯爵も精霊獣を育てていたはずだ。おまえたちにも精霊獣がいるじゃないか」

「それが……」

ダグラスとエイベル、そして少し後ろに下がって立っているユインがちらりと顔を見合わせた。

証人として同行しているのは、ダグラスの誕生日に私の周りに集まっていたお年寄りの方々だ。

彼らは何を考えているのか全く読み取れない表情で、いっさい言葉を挟まないでダグラスたちの背後に控えている。

あの時は優しそうな雰囲気でお茶会をしましょうねなんて笑い合ったけど、今は別人のように隙がなく、全身から存在感を放っている。

貴族社会の一線で年を重ねてきた人たちが持つ独特な威圧感だ。

「ここ何年かの父の行動に精霊たちは不満を溜め込んでいたようです。先日の私の誕生日の集まりの場で、父やマクフィー伯爵、他にも何名かの者達が妖精姫に失礼な態度を取ったことで我慢が限界に達してしまったんでしょう。父の精霊もマクフィー伯爵の精霊も、精霊王の元に帰ってしまったんです」

うはあ。会場中の視線が痛い。

私は失礼なことをされただけで何もしていませんから、クリスお兄様や陛下まで私を見ないでくれませんかね。

いっさいこの件には関わっていませんよ。

「事故の後、現場でも屋敷でも、自分や周りにいた者達の精霊に回復を頼んではみたんです。しかしことごとく拒否されました」

えーーー。そんなことあるの？

いや、これはあれよ。マクフィー伯爵は本当は事故になんてあっていなくて、軟禁されているとか、まさかとは思うけど殺害されているとか？

いやまさかね。いくらなんでも父親を手にかけるのは……やるわ。この世界ではそれは珍しい話ではないんだった。

権力闘争で親子や兄弟が争って、死人が出るなんてよく聞く話だった。

「ディア？」

クリスお兄様に呼ばれてはっとして顔をあげたら、なぜか会場にいるほとんどの人が私を注目していた。

なに？　なんなの？

私は何も知らないっつーの。

「妖精姫」

うへー。陛下がその呼び方をすると気持ち悪い。

「ダグラスの誕生日の集いで何があったのだ？　精霊王が彼らの領地を冬に変えたとの報告を受けているんだが？」

そうでしょうよ。私とエセルが報告したんだから。

「……そんなたいしたことはありませんでしたよ。それより彼らが、精霊王の祈りの場を自分の領地に作りたくて、精霊を育てている領民を無理に引っ越しさせたり、子供を親から引き離して養子《ようし》縁組《えんぐみ》させたりしたことのほうが問題だったのではないですか？　カーライル侯爵やマクフィー伯爵は直接そういうことはしていませんでしたけど、行われているのを承知で放置していたんですよね？」

ダグラスとエイベルが当主になるべきだと思われるようにするには、現当主では駄目だという印象を持たれたほうがいいわよね。

「自分たちは精霊を育てていないどころか、他が育てていれば自分の領地の魔力も増えて、作物が問題なく育つんだから、わざわざ精霊を育てなくてもいいんだと公言していたそうですね」

「そんなことを言っていたんですか⁉」

クリスお兄様の話したことのほうが問題大きいわよ。

そんなこと言っていたくせに祈りの場を置かせろなんてよく言えたわね。

「きみは何もされていないと」

でも陛下は、まだそのことにこだわっているのね。

「エセル、私にした報告をここでもう一度してくれ」

「はい」

ええええええ、なんでーーーー？

モニカ様付きの近衛騎士団の制服を身につけたエセルは、背筋を伸ばして堂々とした足取りで証言台に立った。

ダグラスたちのすぐ近くだ。

「あの日、私はモニカ様から妖精姫の護衛を命じられ、カーライル侯爵家の皇都の屋敷を訪れていました。私と妖精姫が女性たちと歓談している席に、カーライル侯爵とマクフィー伯爵、そして本日この会場にいらしている三人の貴族の方が近づいてきて、妖精姫を取り囲み、話があるからと連れて行こうとしたんです」

間違ってはいない。

でもエセルの話を聞いただけだと、彼らが私を脅したように聞こえない？

あれ？　脅されたんだっけ？　話をしただけよね？

「妖精姫が断るとその場で話し始めたのですが、全て自分たちの得になるように融通を利かせろという内容ばかり。幸いにも周りにいた方たちが助け舟を出してくださいまして、私たちはその場を後にしようという話になった時に、ひとりの男性が妖精姫の肩を掴み、帰らせないようにしようとしたんです」

やめて。私の話はどうでもいいでしょうが。

それとも、ライリー男爵や一番態度の悪かった若手貴族を煽《あお》って、騒ぎ出すのを待っているのかな。

そしたら面倒なやつらを一網打尽に出来るもんね。

「それで領地が冬に」

「自業自得だ」

「やったのは誰よ」

どんな顔をしているのか見たい気はするけど、ここで反辺境伯派を見ちゃ駄目よ。

今は注目されているから、私の目線で気付く人がいるかもしれない……って気を使っていたのに、クリスお兄様がしっかりそっちを見ていた。

ダグラスたちを案内したまま立っていたアランお兄様なんて、がっつり睨みつけている。

これはやっぱり、彼らを引っ張り出したいんだな。

でも無理だって。

そこまでの度胸は彼らにはないって。

すでに領地が真冬になってしまって周りから突き上げられているでしょうに、ここでまた騒ぎを起こしたら終わることくらいはわかるでしょ。

「その折に、ディアに失礼なことをした者は皆、氷漬けにされたそうですよ。カーライル侯爵の体調が悪化したのは、それも原因のひとつかもしれませんね」

さすがクリスお兄様。

今の話でダグラスの話に真実味が増したわ。

嘘だとは言い切れないけど……でも……ねえ。

「ご苦労だった。なるほど、それで精霊たちは回復を拒否しているんだな」

「はい。妖精姫には父が御迷惑をかけて申し訳ありませんでした」

全員そろって頭を下げてくれちゃったので、大丈夫ですよと笑顔で応えるしかなかった。

いいんだ。目立つのには慣れている。

ダグラスもエイベルも迷惑をかけられているほうの立場だしね。

「書類を預かり不備がないか確認してくれ。会議が終わったのちに、ふたりとは改めてこの件の話をしよう。クワント伯爵はどういう立場なんだ」

「わ、わたしは」

緊張で声が裏返ってるよ。

陛下の前だとあがるの？　大丈夫？

「カーライル侯爵の健康が気になっていましたので、一緒に会議に行こうと思って屋敷にお邪魔していたんです。そこへマクフィー伯爵の事故の知らせが届き、かなりひどい状況だと聞いたので私の精霊が役に立つかもしれないと思って、ダグラスくんと一緒に駆け付けました。無駄になってしまいましたが……。そのために会議に遅刻しました。申し訳ありません」

それだけなら、同時に入ってきた若手の貴族たちと席に着けばよかったのに。

アランお兄様がダグラスたちの到着を知らせる前に、何人かばらばらと遅れてきて、さりげなく自分の席に座ったのに気付いているわよ。

たぶん反辺境伯派は解体。

元バントック派もユインを中心に協力して商会を運営していく若手と、それ以外に分裂するんだろうな。

「そうか。ならばもう席に戻っていいぞ。ダグラスとエイベルも手続きはまだとはいえ爵位を継ぐのだから、それぞれの家の席に座るといい。……ディア」

今度は妖精姫じゃないのか。

だからって油断はしないわよ。

「冬になっている領地を戻してくれるように、瑠璃様に話を通してはもらえないか」

陛下に頼みごとをされて断るなんて恐れ多い……けど、断っちゃう。

「陛下、それでは筋が通りませんわ。怒らせた者達はまだ、精霊王に謝罪をしていないんです。それぞれの領地を担当する精霊王の祈り場に訪れ、きちんと謝罪して許されれば、気候が元に戻るのではないですか？　瑠璃にも詫びを入れたほうがいいかもしれませんね」

それか、陛下が琥珀にお願いすればいいのよ。

「ああでも、先程の三人は先日すでに瑠璃と琥珀に謝罪していましたわ。彼らが爵位を継ぐのであれば、気候は元に戻るのではないですか？　ふたりとも担当の精霊王の祈り場で当主になった報告をしてくださいね。精霊王も人間も付き合い方は同じです。誠意をもって向き合えば、あちらも悪いようにはしません」

席に着こうとしていた三人が、体ごと私のほうに向きなおって、また深々と頭を下げた。

腰が低すぎよ。

あなたたち爵位持ちになるんだから、簡単に頭を下げちゃ駄目よ。

友人たちの結婚式

ぱたぱたぱたと複数の足音が廊下に響いている。

なぜなら結婚式の前に少しだけでも友人と話がしたくて急いでいるから。

私の後ろからはパティとカーラの足音も聞こえているから、まだ頑張ってついてきているみたい。

ニコデムスの一件以来、動けないといざという時に困ると考えたカーラは、今でも体力をつけるべく頑張っているし、パティは子爵家の領地を住みやすくするために、毎日いろんなところに顔を出している。おそらくこの世界で一番ちょこまか動いている公爵令嬢だ。

だから少しくらい走るのなんか体力的には問題ないのよ。

御令嬢としては、煌《きら》びやかなドレス姿で王宮の廊下を走るのは大問題だけどね。

「もう少しよ。そのすぐ先」

「あの、こちらは関係者以外は」

さすがに皇妃になる女性の警護は厳重だ。

皇妃の控室に続く廊下を警護していたふたりの兵士が道を塞ぐと、ジンとリヴァが私を守るために飛び出した。

かわいそうに兵士の精霊獣が震えながらも応戦しようとしているじゃない。

「虐《いじ》めちゃ駄目よ！　彼らはお仕事をしてるの！」

ジンとリヴァは空中で急ブレーキをかけたようにのけぞりながら止まり、不満そうに振り返って私を見た。

「妖精姫⁉　失礼しました！」

兵士のほうも私に気付いて頭を下げたけど、だからといって道を塞ぐのはやめない。

誰も通すなって言われているんだろう。

簡単に通しちゃう兵士だったら、モニカの友人としては不安だしね。

「あの……今は準備中で……」

「いいんだ。扉前の近衛の騎士に、妖精姫とモニカ様の従兄妹様とグッドフォロー公爵令嬢がいらしていると連絡してくれ」

もうひとりの三十代半ばの兵士は経験豊富な人みたいで、名乗らなくても三人が誰なのかわかっていた。

王宮内の警備は貴族出身の人しかやれないから、そういう情報は持っていて当たり前なんだけど、若い兵士だと慌てちゃうよね。

「あ……はい！　すぐに!!」

目を見開いて私たち三人を見てから若い兵士は踵《きびす》を返して走り出した。

そんなに急がなくても大丈夫だって。

「大丈夫です。だいたい状況はわかります」

モニカ様付きの女性の近衛がこちらの様子に気付いて、近づいてきてくれているじゃない。

……って、エセルだった。

「ディアは来るかもとは思っていたけど、三人も来るとはね」

「エセル」

「ちょっとでいいの。おめでとうだけ言いたいの」

私が頼むより、カーラとパティが頼んだほうが聞いてくれそうだから黙ってよう。

「はいはい。モニカ様から、もし友人たちが来た時には通してって言われていたの。来てくれてよかったわ」

期待してくれていたんだ。

みんな成人と共に婚約して、忙しくて、なかなか会えなかったもんね。

来てよかった。

「お騒がせしました」

驚かせてしまった兵士にはちゃんと挨拶しておこう。

「ごくろうさまです」

「おつかれさま」

こういう時、歩く速さのせいか私はいつも、みんなの一番前を歩いてしまう。

今もさくさくとエセルの隣に並んだところで、後ろでパティとカーラが挨拶するのが聞こえてちらっと後ろを見たら、兵士たちはまんざらでもなさそうな嬉しそうな顔をしていた。

可愛い御令嬢に話しかけられて役得なのかも。

「モニカ様、ディアとパティとカーラが来ました」

「来ました」

エセルの横からひょいっと顔を出して室内を覗き込む。

「ディア、来てくれたのね」

皇族しか使用できないディープロイヤルブルーのドレスを着て、金色の髪を結いあげティアラをつけたモニカは、どこからどう見ても帝国皇妃にふさわしくゴージャスで美しかった。

「うわあ、綺麗」

「わ、モニカ様、素敵」

「ディア、早く部屋の中にはいって」

私とパティが入り口で止まってしまったせいで、カーラだけモニカの姿が見えなくて爪先立ちになっていた。

今日ここに来たのは、カーラとモニカが会えるようにすることが一番の目的だったから、すぐに横にずれてカーラが部屋の中にはいれるようにした。

「カーラ！　来てくれたの？」

「当たり前よ。モニカ、綺麗だわ」

今はノーランドの人たちはカーラやハミルトンに好意的だ。

女性も魔獣と戦うノーランドの人達は、逆境に負けない強い精神を持つ人が大好きだし、モニカに続いてノーランドの血を引くカーラがシュタルクの王妃になると聞いて大喜びなのだ。

だからといってカーラやハミルトンは、前のようにノーランドの貴族たちと付き合うことは出来ないって言っているけどね。

いまだに彼らの後ろ盾はベリサリオで、エルダとジュードの結婚式にも親戚ではなく友人の席に座っていた。

でもカーラもハミルトンも、ジュードとモニカが嫌いになったわけじゃない。

つらかった時期にもずっと心配してくれていた従兄弟兄妹《いとこきょうだい》とは、今後も仲良くしていきたいと思っているのよ。

「ありがとう。会いに来てくれて嬉しい」

「そりゃ来るわよ。今後はもっと会えなくなっちゃうでしょ。ちゃんとお祝いを言いたくって。おめでとうモニカ。幸せになってね」

「カーラもよ。幸せになってくれなくちゃ駄目よ」

両手を握り合って涙ぐむ従妹たちを、私とパティは微笑ましく見守った。

カメラがあれば、この風景を撮っておけるのに。

「モニカ様、泣いたらお化粧が……」

「ああ、いけない。このメンバーがノーランドで初めてそろった時のことを思い出したらつい」

「覚えてるわ。四人でパジャマパーティーをしたわよね」

「パティがアランに初めて会った日でもあるのよね」

「カーラ、そんなことまで覚えていなくてもいいの」

懐かしい。

初めてパティとモニカに会った日だ。

あの時は、こんなに仲良くなれるとは思っていなかったし、まさかアランお兄様がパティと結婚することになるとは思っていなかったわ。

「モニカ、プレゼント」

小さな箱を差し出した。

中には金色の魔石のついたシンプルなデザインのブレスレットが入っている。

「マジックバッグは持っているでしょうけど、その小ささで馬鹿みたいに容量が大きいから役に立つと思うわ。それと魔石にめいっぱい私の魔力を詰め込んでおいたから、本当に必要になった時、例えば身を守らなくてはいけなくなった時に、その魔力を使って精霊獣を強化して。だいぶ強くなると思うわよ」

「ディア……ありがとう。お守りとして大事に持っているわ」

「そうして。それにお揃いなの」

パティとカーラがつけていたブレスレットをモニカに見せた。

私も持っているし、スザンナもイレーネも持っている。

「エセルは后妃《こうひ》様とお揃いはまずいって言うんで、デザインをちょっと変えたのよ。ネリーは受け取ってくれなかったけど、どうせいつも私の傍にいるんだし、私が守るわよ」

「それが一番強力ね」

モニカの呟きにみんなで笑ってしまった。

私もカーラも嫁いだら異国の王族だ。

会う方法はいろいろあるだろうけど、会える回数は激減する。

そんな小さな魔石に込められる魔力なんてたかが知れているけど、少しでも友人を守ってくれたら、そのブレスレットがあることで心強く思ってくれたら嬉しい。

「そろそろ行きましょう。入場が始まっている時間よ」

パティに言われて頷き、モニカ様に手を振ってから部屋を出た。

バタンと扉が閉まったら、もう私たちとモニカは立場が違うということを忘れちゃいけない。

私たちは臣下でモニカ様は皇妃だ。

「行きましょう」

私たちは三人とも振り返らずに、また駆け足で廊下を急いだ。

思っていたより会場がここから遠かったから、感慨に浸っている余裕なんてなかった。

なんでこういつもバタバタなのかしら。

少しはかっこつけさせてよ。

◆

結婚式会場は王宮内にあるホールのひとつだ。

ずらりと並べられた椅子には、すでに多くの参列者が座っていた。

「やばい。外国の人たちももう座ってる」

「じゃあ、私はこっちだから」

パティはグッドフォロー公爵家の人たちが座る席に向かった。

「はーい。カーラはどこ？」

「子爵家はあの辺なんだけどハミルトンがいないの。どこかしら」

「うちと一緒かもしれないわよ」

「そうかも」

恐ろしいことに参列者はもうほとんど席についていたから、忙しそうに動き回っている侍従たちと一緒に、壁際を移動するのは目立ちまくる。

冷や汗もので前のほうに歩いていたら、近衛騎士姿のアランお兄様が駆け寄ってきた。

「焦らせるなよ。妖精姫が結婚式に欠席するのかって騒ぎになりそうだったんだぞ」

「予定より入場が早くない？」

「早くない。陛下ももう待機しているんだぞ。ふたりの席はもっと前だ」

「私も⁉」

「皇妃様の従妹なんだ。前に決まっているだろ」

道理《どうり》で注目を浴びているはずだ。

妖精姫が皇帝の結婚式をぶっちしたなんて話になったら、ベリサリオの立場がやばくなってしまうわよ。

うわあ、お父様とお母様の笑顔がこわい。

クリスお兄様の笑顔は本気で面白がっている感じで、それはそれでこわい。

「陛下の入場時間と参列者の入場時間を間違えちゃったのかしら」

間違えてないわよ。

勘違いしていたなら、カーラだけよ。

たまにドジっ子になるんだから。

「控室が遠すぎるのよ」

「花嫁は警護がたくさんついてフライで移動するから平気なんだ」

しっかりアランお兄様が話を聞いていて教えてくれた。

いいな。花嫁は皇宮内をフライで移動できるんだ。

「あそこがカーラの席だ。ディアはあっち」

「げっ」

「ディア」

はいはい。御令嬢が発していい音じゃありませんでしたよ。

でもブレインと同席で、しかも一番中央の席じゃない。エルっちの隣よ。

もう宣誓台の前に陛下が立っているのに、堂々と遅刻して自分の席に着席するという恥ずかしさ。

こんな目立つ席とは思わないじゃない。

「何やっていたんだ」

エルっちに聞かれて答えようとしたら、陛下やブレイン、クリスお兄様まで集まってきた。

やめてー。

もう外国のお客様もいるんだから静かにしておいてー。

遅刻したのは私だけどさ。

「来ないのかと焦ったよ」

「クリスお兄様、そんなわけないじゃないですか。モニカ様に会ってきたんです」

「ああ」

「なんだ」

全員して安心したように肩の力を抜いて息をついた。

いったい私が何をすると思っていたのよ。

「モニカ様、すっごく綺麗でしたよー」

「俺より早く見たのか」

陛下もディープロイヤルブルーの正装に引きずるくらい長いマント姿だ。

王冠も重そうだよね。

でもモニカ様と並んで立ったら、お似合いの皇帝夫妻だ。

きっと国民も大喜びよ。

「精霊王はいつおいでになられるんですか？」

パウエル公爵に聞かれて首を傾げた。

それは結婚式の進行役が話しているんじゃないの？

「確か……結婚式には琥珀だけが顔を出すそうです。いちおう皇都の担当は琥珀なので。でもパレードの前に戴冠式のように四人勢ぞろいしてお祝いするって話していました」

「おお、そうですか」

「四人ともいらしてくださるんですね」

そりゃさ、私の結婚式では四人揃うのに陛下の時には琥珀だけだったら、ちょっとねえ。

私の後ろ盾とはいえ、ルフタネンに嫁ぐ身なのに。

でもたぶん、私の時には最初から最後までいそうなんだよな。

「陛下、お戻りください。花嫁様がそろそろ入場されます」

「おお、そうか」

「ディア、ハラハラさせないでくれ」

エルっちにまで言われてしまった。

「すみません」

今回ばかりは謝るしかない。

まさか陛下より後に入場することになるとは思わなかった。

でもさ、私がモニカの結婚式に参加しないなんてあるわけないじゃないね。

陛下とだって長い付き合いなんだから、全力でお祝いするに決まっているでしょ。

「おまえは何かやらかしそうなんだよ」

「は？」

失礼だな。

私が何をやらかしたっていうのよ。

貴重なふたりの時間

陛下とモニカの結婚式は素晴らしい盛り上がりで、国中がお祭り騒ぎだった。

その余韻がなかなか抜けないうちに季節は流れ、冬になり、先代のマクフィー伯爵が亡くなったという知らせが、ひっそりと届いた。

すでにエイベルが当主として活躍していたこともあり、あまり社交界で話題にならなかったようだ。

一方、カーライル侯爵のほうは爵位を譲ってダグラスに任せたことで気が楽になったのか、領地で夫人と仲良さそうに散歩している姿をよく目撃されている。

おそらくカーライル侯爵はダグラスの説得に応じて自分から引退を決め、マクフィー伯爵は最後まで聞き入れなかったんだろう。

ダグラスとエイベルが爵位を正式に継いですぐに、領地の気候は元通りになった。

急に気候が変動したせいで作物への打撃は大きかったみたいだけど、ダグラスもエイベルも打撃を受けた農家への補償をしっかりしたので、問題の多かった領主の引退は好意的に受け入れられ、陛下の結婚式のお祭り騒ぎに無事に参加できた領地民からは、あまり不満が出なかったそうだ。

一方、私の肩を掴もうとした男は家族に見放されて行方不明。

ライリー男爵は、金目の物を持って家族を置いて逃げ出したらしい。

どちらも悲惨だけど、ふたりがいなくなった領地には無事に春が来たそうなので、ひとまず反辺境伯派の件は一段落ついたんじゃないかな。

私さ、しばらくしてから気付いたんだけど、あのダグラスの誕生日で私が先代のカーライル侯爵やマクフィー伯爵とやり合っている時、ダグラスたちは中庭で話し込んでいたんだよね。

もしかしてあの日にはもう、父親を説得し、それが失敗したら決着をつけるって覚悟を決めていたってことはない？

帰ろうとする私を追いかけてきた彼らは、どんな顔をしていたっけ。

確か、とても真剣な顔をしていたと思うのよ。

それなのに、私ってば靴の中敷きについて熱心に説明しちゃったじゃない。

彼らにしてみたら、そんな話をしている場合じゃなかったはずなのに……。

言ってよーー！

言えないか。

言えなくてもさ、なんかこうあるでしょ。時間がないんだよとかなんとかさ。

恥ずかしいじゃないかーー！

でももうしょうがない。

思い出すと今でも恥ずかしいけど、彼らと顔を合わす機会なんて滅多にないし、私の失敗に気付いている人は幸いにもいないんだし、忘れよう。

もう明後日には私の結婚式なんだから、いつまでも過去のことにこだわっている場合じゃないのよ。

とうとう私は、ディアドラ・エイベル・イースディル公爵夫人になるのよね。

「では私たちはこれで失礼します。何かありましたらお呼びください」

「ありがとうミミ。おやすみなさい」

ここ最近は忙しくて、結婚が近づくにつれてカミルに会えなくなるという現象が続いて、イライラするカミルをなだめるために、もちろん私もカミルと会う時間がほしかったのもあって、寝る前に一時間だけ、みんなに内緒で会うことにしている。

『今夜も行くのか？』

「行くわよ。こうやって会うのは今夜で最後よ」

面倒くさげに聞いておきながら、イフリーの尻尾は揺れている。

寝室の奥には私にしか開けられない扉があって、その扉を開くと、満天の星の下に広がる草原に出られる。

「いつもみたいに好きにしててね」

私とカミルの精霊獣は大型化するととんでもなく大きくなるから、他の場所ではずっと小型化した姿でしかいられない。

でもそれって、精霊獣たちにとっては窮屈なのよ。

それに、結婚したら精霊たちなしでカミルとふたりだけになりたい時間が出てくるでしょ？

もっと先のことを考えたら、歳をとる速度が遅くなる私たちには、人間たちのいる世界とは別に隠れ家のようなものが必要になってくる。

だから精霊王にお願いして、精霊王の住居のように私たちだけの場所を作ってもらったの。

今はまだ何もないこの世界に、いずれは家を建てて庭を作って、生活出来るようにすることになるんだろう。

でもまだそれは先の話。

今はマジックバッグからソファーを出して、座って膝を抱えた。

「外の世界の時間に合わせてあるから、最近は夜空しか見ていないわね」

否応なしに盛り上がっているベリサリオで、別れの日が近づいてナーバスになっているお父様やお兄様たちや、友人たちと過ごす時間はとても大事で、忙しいのも私の結婚のためだから仕方ないんだけど、こうしてひとりでほっと息をつく時間があるのはありがたいし、カミルと話せる時間が嬉しい。

彼の許にはすでに世界各国から、ぜひうちに夫婦で来てくれと招待の使者が来ているそうだ。

これからは両親ではなく、彼が私の行動を左右できる唯一の人になるからね。

だが、甘い。

私の行動を決めるのは私自身だけなのだよ。

「ディア!!」

何もなかったはずの空間に突然扉が現れて、中からカミルが飛び出してくると、すぐにまた何もない草原の景色に戻った。

駆けてくるカミルの顔が徐々に笑顔になってくる。

彼の精霊獣も大型化して草原の空を泳いでいる。

微妙に色の違う巨大な竜たちと麒麟《きりん》とフェンリルが集う草原って、神話の中の世界みたいよね。

その中でジンだけが普通よりちょっと大きくて背中に羽根のある黒豹《くろひょう》の姿で、猫の姿の時と同じ仕草で前足を舐めているのが可愛い。

「やっと今日も一日が終わった。ようやく会えた」

ソファーから立ち上がり私からも歩み寄ると、カミルは駆けてきた勢いのまま抱きしめてきた。

「もう少し丁寧に扱ってよ」

「こんなに丁寧に扱っているじゃないか」

ちゃんと力を加減してくれているんだけどね、身長差があるから抱きこまれると周りが見えなくなるし、身動きできなくなっちゃうのよ。

「結婚式前だっていうのにどいつもこいつも。当分新婚旅行にはいかないって何度言わせやがるんだ」

「公爵閣下《かっか》、言葉遣いがひどいですわ」

「きみにそれを言われるとは思わなかった」

確かに私も御令嬢の話し方ではないわな。

「ほら、座って話しましょう。明日の朝は早いから、あまり長くはいられないわ」

「明日はさすがに会いに来られないけど、明後日は結婚式だ。やっと一緒に暮らせるようになる」

並んで腰を下ろすとすぐカミルが毛布を取り出して、ふたりの体を包んでくれた。

別に寒くはなかったけど、カミルの肩に頭を持たせかけて毛布に包まれていると落ち着くわ。

「眠くなっちゃうかも」

「大丈夫。ベッドまで運ぶよ」

「別々の場所に帰るのは今日が最後で、これからずっと嫌でも顔を合わせるでしょ。覚悟しないと三百年もふたりでいないといけないわよ」

「なんだよ」

不満そうにカミルが顔を覗き込んできた。

「ディアは俺に飽きそうなのか?」

「うーん、わからない。でももう長い付き合いじゃない?　飽きるならとっくに飽きているんじゃないかな」

「俺の場合、ディア以外に好きになった女性がいないし、ディアは婚約者であり、信頼出来る友人であり、共同経営者だからな。飽きるわけがない」

それは私もそうよ。

前世も含めて、今までお付き合いしたのはカミルだけなんだからね。

いいなと思う相手はいたけど、好きになったのは私もカミルだけだ。

「いいなと思う相手はいたんだ」

「カミルこそ、最初はルフタネンのために妖精姫と結婚しようって考えたくせに」

「それはまあそうなんだけど……でも初めてディアに会った後、もう一度会いたいって思ったよ」

え？　ルフタネンで初めて会った時？

あの、カミルが泣いていた時？

「泣いていない」

「まだそんなこと言ってるの？　じゃあ、私がカミルを女の子だと間違えた時」

「ああ、そうだった。変わった子だなと思ったんだった」

私の初対面の印象って、変わった子？

それでよく、また会いたいなと思ったな。

「可愛かったから」

「そうなの？　初めて聞いた」

「会いたいと思っていなかったら、カカオを担いでベリサリオに行かないだろ。コーレインはきみを巻き込む気だったけど、俺はそんなのは無理だって最初から思っていたんだ」

私は、もう二度と会わないだろうと思ったから、ハンカチをしっかり返してもらって帰ったのに、カミルはそんなふうに考えていたのか。

「カカオを持ってきたのは大正解だったわね」

「俺もそう思う。あの頃の自分を褒めたい」

あの頃の私に、カミルと結婚するのよって言っても信じなかっただろうな。

「じゃあ私たちって、初恋の相手と結婚するんだね」

「……」

なんで急に無言？　変なこと言ったかな。

「俺たち、はたから見たらバカップルだな」

「えー。カップルなんてみんなこんなもんよ」

人前ではこんな会話はしないだけで、ふたりだけの時はみんな同じような会話をしているんだよ。

「あ、そうだ。ノエルにお土産を持ってきたんだった」

「カミルまであの子を甘やかすの？」

「たまになんだからいいだろ？　クリスにそっくりな顔であの天真爛漫《てんしんらんまん》な笑顔を見せられたら、楽しくて何かしてあげたくなるんだよ」

ノエルはクリスお兄様とスザンナの第一子で男の子。

結婚して一年ちょっとで生まれたので、あと三か月で三歳になるこの子が今はベリサリオのアイドルよ。

ベリサリオらしい銀色に近い金髪で、瞳の色は母親譲りの美しいブルー。しかもクリスお兄様の赤ん坊の頃にそっくりなの。

どうやら彼もかなり頭がいいようで、瞳をキラキラさせて大人が話をしている口元を凝視して、絵本を読んでもらう時には本に書かれている文字を見つめている。

でもベリサリオは、普通じゃない子供には城の全員が慣れているもんだから、誰も驚かない。

「いい？　ただ寝ていたら勿体ないわよ。魔力をちょっと放出してみよう。あなた、魔力量が多いみたいだから」

キョトンとした顔をしているノエルの前で、手のひらから魔力を放出してみせたら大喜びして、私が帰った後も真似をしようと何度も挑戦したみたいで、

「ディア、ノエルに何か教えたのか？　それとも精霊王が特別扱いした？」

クリスお兄様に聞かれたから何かと思ったら、一週間経たないうちに精霊をゲットしていた。

「クリスの息子だし、あの笑顔を見せると周りが喜ぶからって計算しているかもしれないな」

「どうかしらね。もしそうだとしたらクリスお兄様もスザンナも気付くんじゃない？　それにそのくらいの計算はかわいいものよ」

二歳で計算していたら本当に天才だしね。

城の中で守られているうちに、いろんなことにチャレンジして、いっぱい失敗して、いっぱい成

功もして、心身ともに強く育ってくれたら叔母ちゃんは嬉しいよ。

「私のことは師匠と呼ばせることにしているの」

全属性の精霊獣をしっかりと育てて、魔法もたくさん覚えてもらわなくちゃ。

「やりすぎるなよ」

失礼ね。無茶なことはさせないわよ。

精霊王たちに勝手に祝福しないでねって、ちゃんと注意するのも忘れなかったのよ。

精霊王たちもベリサリオの新しい家族にメロメロなんだから。

妖精姫の娘という存在

お別れ会の招待客はかなり絞って、私の知り合いや親戚関係、あとはベリサリオ辺境伯家やフェアリー商会と付き合いのある人だけになっている。

クリスお兄様の時はもっと大掛かりに派手にやったけど、それは次期当主だからで、娘の場合は結婚式も披露宴も嫁ぎ先の家に任せるのが普通なので、もっと地味でもよかったの。

でも招待客は基本パートナーと一緒に参加するでしょ？

それに外国に嫁ぐということで、挨拶をしておいたほうがいい相手も多くて、気付いたら結構な人数になってしまっていた。

友人たちとはすでに内輪でお茶会で話をしたし、明日の結婚式にも披露宴にも出るし、来月ルフタネンに招待する約束になってから、今日は顔を出してはくれるけど挨拶だけして帰るって言っていたので、今日のパーティーは家族の近くに座ってあまり動かないでいるつもり。

明日には嫁ぐ身なのに面倒なことに巻き込まれたくないし、体力を温存しておきたい。

本番は明日なんだから。

「少し遅れたな」

それなのに、陛下が顔を出すってどういうことよ。

いちおう招待状は送ったわよ？　礼儀として。

でも結婚式にも披露宴にも参加するんだから、今日は顔を出すとは思わないじゃない。

「ここはやっぱり暖かいわね。海があるのは羨ましいわ」

皇妃様はひさしぶりにベリサリオに来られたのが嬉しいようで、目を細めて海を眺めている。

ノーランドにも皇都にも海はないからね。

子供の頃からジュードもモニカ様も、ベリサリオに遊びに来るたびに海を飽きずに眺めていたっけ。

……そういえば、テラスから海を眺めていた人がもうひとりいたわね。

あまりに頻繁に顔を出すものだから城の人間に放置されていたけど、そのおかげでひとりになれるからって気楽だって言っていた人が。

懐かしい。

「まあ、いらしてくださるなんて感激ですわ」

ブレインも高位貴族の当主たちも、明日参加するから今日は欠席なのよ？

ダグラスとかジュードとかの世代の男性陣は、人脈を広げるいい機会だからと顔を出しているけど、彼らも明日があるから私とはちらっと挨拶をしただけ。

いまだに周りに集まっているのは、身内と仕事の関係者、そしてパートナーに紹介してもらってベリサリオと親しくなりたいという人たちばかりだったのに、陛下がきたら一気に話が違ってくる。

陛下に憶えてもらえるチャンスかもしれないと、急に私たちの周りの人口密度があがった。

「ずっと妹のように思ってきたディアが異国に嫁いでしまうんだ。会える機会があるのなら会いたいではないか」

うそこけ。

会おうと思えばいくらでも会えるってわかっているのに、別れを惜しむなんてあるもんか。

夫婦揃ってエルトンまで連れてやってくるなんて、なんか怪しいのよ。

表情には一切出さないけど、うちの家族も同じように考えているみたいで、クリスお兄様とアランお兄様が私の左右に陣取って動こうともしない。

でも話を盛り上げようとする周りの貴族たちのおかげもあって世間話に花が咲いて、いい雰囲気で過ごしていた時に、

「陛下と皇妃様と妖精姫がこうして共におられると華やかですな。ひょっとして妖精姫のお嬢様といずれお生まれになる皇子様は、お似合いのカップルになるのではないですか？」

陛下と話していたから誰の発言だったかわからないけど、突然の面倒な話題に思わず一瞬不機嫌

な顔をしそうになって、慌てて笑顔を顔に張り付けた。

「そうですわね。妖精姫のお嬢様はきっと、それは可愛らしいのでは？」

まだ結婚式もあげていないのに、生まれるかどうかもわからない娘の縁談だと？

私を引き留めるのが無理なら、娘を寄越せって言う気？

「ずいぶんと気の早い話ですね」

クリスお兄様の冷ややかな顔もひさしぶりだわ。

フェアリー商会と繋がりのある人の中にはそれほど身分の高くない人もいるので、皇帝夫妻にこんな近くでお目にかかれる機会は、今回が最初で最後かもしれなくて舞い上がってしまっているんだろう。

そうじゃなかったら、ベリサリオの家族がいる前で、私に対してこんな話題を振る人なんて招待されていないはずだ。

「いや、確かに悪くない話だ」

私もベリサリオも嫌がるとわかっているのに、陛下がこの話題に乗ってくるとは意外だわ。

「どうだ？　両国間がいい関係を維持するためにも、ディアに娘が出来たら、私の息子と縁組させるというのは」

陛下の提案に貴族たちから歓声があがった。

身内しかいない場所で冗談で言うのならかまわないのよ。でもこんな大勢の前で言われたら、笑って済ませられないわ。

皇帝陛下の申し出を断るなんて貴族としてはありえない。

かといって、いいですねなんて言ったら言質を取られて、生まれる前から娘に帝国の皇太子という婚約者が出来てしまう。

ここはなんて答えるのがいいんだろう。

「陛下、ディアはイースディル公爵家に嫁ぐ身なんです」

私が口を開くより早く、クリスお兄様がうっすらと笑みを浮かべて答えた。

「カミルは王族なのですから、ディアの子供もまたルフタネン王族の一員です。その縁談となれば、国と国との外交問題になります。ディアがひとりで判断できる話ではありません」

そうだった。王族だった。

いや、忘れてないわよ。こうやって断ればいいってわかっていたわよ。

「そうだったな。楽しい席でつい、余計なことを言ってしまった。すまなかったな、ディア。だが、少しは頭に留めておいてくれ」

これはあれだ。

クリスお兄様か私が、うまく断るだろうと予想したうえで話に乗ったんだ。

中央の社交界で、私の娘を次期皇妃にって話をしつこく言ってくる貴族がいるのかもしれない。

陛下は丸く収めた気でいるのかもしれないけど、周りの人たちの中には不満そうな顔をしている人もちらほら見受けられる。

日頃からベリサリオと付き合いのある人たちでさえこうなのよ？

他の人たちがこれで納得するはずがないわ。

「私としてはかなり驚いておりますわ」

話がこれで終わったと思ったのに、私が話し出したので陛下もクリスお兄様もすごい速さでこっちを見た。

「ベリサリオと帝国皇族、そしてルフタネンの王族の縁組に意見をおっしゃる方がいるなんて。どのような立場の方なんでしょう。同意した方たちにも、他国との関係についてどのように考えていらっしゃるのか、ぜひお伺いしたいですわ」

微笑んでいるけど目だけは笑わずに相手を見つめるって技を、私もマスターしているからね。

「確かにそれは聞いてみたいな。どちらにしても招待する客の人選を間違えたようだ。すまないね、ディア」

クリスお兄様、そこまで言うと皇帝陛下の子供との縁組なんて迷惑だって言っているのと同じですよ。

「おまえたち、せっかくの祝いの席で怖い顔をするな」

陛下が気にしていないみたいだからいいんだけどね。

つか、陛下が余計なことを言うのが悪いのよ。

そもそも女の子が生まれるかどうか、年齢が釣り合うかどうか、まったくわからないのにこんな会話は不毛だわ。

騒ぎに気付いてやってきたご機嫌斜めの両親が、どういうことですかと陛下に詰め寄ったのもあって、この話題はおしまいになった。

騒ぎの原因になった人たちは、いつのまにか避難していて見当たらない。

執事たちがしっかりチェックしているから、逃げても無駄なのに。

「ディア、あちらで話しましょう」

私は皇妃様と一緒に海のよく見えるテーブルに移動した。

お友達も呼ぶか聞いてみたけど、短い時間しかいられないからふたりで話がしたいって言われたの。

「ごめんなさい。大事な日だというのに」

「皇妃様が謝るのはおかしいですわ」

「ディア、お願い。今まで通りに私と話して。妖精姫のあなたなら、周りも何も言えないはずだから」

確かにそうかも。

「そうね。私とカーラは他国の王族になるんだから、今まで通りでも問題ないわね」

「そうよ。そうして」

ならば皇妃様じゃなくてモニカに戻そう。

いちおうけじめはつけなくちゃって思ってたのよ。

「結婚式にも参加はするけど、きっと明日はこんなふうに話す時間はないでしょう？　あなたが遠くに行ってしまうのが急に心細くなってしまったの。それで我儘《わがまま》を言って、参加させてもらったのよ」

「ほお？　つまり奥さんの我儘に応えたかった陛下が、ベリサリオまで一緒に来てしまったってこと？」

「そうなの」

かーーー。新婚さんだねえ。

初々しくて甘々でいいねえ。

リア充は……あれ？　なんだっけ？

「……夫婦円満なのに何が不安なの？」

「……こうして気軽に話せる相手がいなくなってしまうでしょ？」

「話したいことがあるの？」

「……」

え？　なになに？

また皇宮で問題が持ち上がっているの？

「結婚してそろそろ一年なの」

「そうね」

「でも……子供がまだ……」

はああ⁉　まだ一年経っていないのに、もう余計なことを言ってくる馬鹿がいるの？

「モニカ、俯いちゃ駄目」

声を潜めて、でもきっぱりと言ったら、はっとしてモニカが顔をあげた。

「あなたは皇帝陛下の正妻なの。この国の皇妃なの。そんな失礼なことを言うやつは、ぶっ飛ばしてもかまわない立場なの。あ……本当にぶっ飛ばしちゃ駄目よ？　私みたいに怖がられちゃうからね」

「ディアったら」

ようやく笑顔が見られてほっとしたわ。

これは周りにいる人たちがきっちり守ってあげなくちゃいけないわよ。

精神的ストレスのせいで不妊になることもあるんじゃなかった？

「精霊の森の屋敷に帰ったときは連絡するわ。モニカが用事のある時も連絡が取れる手段がほしいわね。何か考えてみる」

「いいえ。そんな無理をしないで。私はアゼリア帝国の皇妃なの。もう個人として動けないのよ。あなただってルフタネンの公爵夫人の立場があるでしょ？　お互いに優先しなければいけないものがこれからは変わってくるの。今までのように会うと、あなたの立場が悪くなるかもしれないわ」

「……帝国はルフタネンと戦争でも始めようとしているの？」

「えええええ!?」

目を丸くして叫んでから、モニカは慌てて口を押さえ、きょろきょろと左右を見た。

「もうディアったら、なんでそんな話が出てくるのよ」

皇妃が大声を出したので一気に注目が集まったけど、モニカが私の肩に手を置いて声を潜めると、みんなすぐに自分たちの会話に戻っていった。

「帝国とルフタネンの関係が良好なら、私の立場が悪くなることなんてある？」

「……私を使ってあなたを利用しようとするかもしれない。もしかしたら私が、帝国のためにあなたを利用しようとするかも」

「内容によっては利用されてあげてもいいけど、私を怒らせないように気を付けてね。モニカの言う通り、私はルフタネン側の立場になるんだから」

モニカに利用されるなんて、まったく心配していない。

だって、帝国にはベリサリオがいるのよ。

うちの家族はいまだにベリサリオの発展を第一に考えているの。

それに皇族があまり力を持ちすぎるのも警戒している。

皇帝陛下はそれを承知でアランお兄様を近衛にしているんだし、お父様やクリスお兄様は私が利用されることを許しはしない。

もちろん精霊王たちも。

「いろんな人に皇妃はこうあるべきだとか、跡継ぎがどうだとか、いろいろと言われているんでしょ」

「……ええ。それに……さっきも出ていた話があるでしょう？」

「話？　ああ、子供を結婚させるって？」

「友達なら、その話を進められるんじゃないかって」

まったくいやだいやだ。

そういうやつらはそうやって弱みに付け込んで動揺させて、自分の都合のいいようにモニカを動かそうとしているのよ。

「つまり私を今後も帝国のために動かせるように、娘を人質にしたいってことね」

「そんなことないわ。ディアの子供だもの大事にするわよ」

もしかしてモニカもその話に乗り気なの？

うーーん、そうかあ。そうなるのか。

「どうも都合よく考えているみたいだけど、例えば私とモニカが喧嘩をしたとするじゃない？」

「ええ」

「言い合いになっても、友達同士ならこんなこともあるわよで済む話なのよ。私としては」

「……それは私も」

「でも自分の子供が絡むと話は違ってくると思わない？　外国に嫁がせた娘がつらい思いをしたなんてことになったら、私は帝国のためには動かないで娘を守るために戦うと思うの」

「……それはどういう？」

「皇宮に乗り込んで、出会う人みんな石にしてしまうとか」

そんなことはしないけど、するかもしれないとは思わせておきたい。

今は政治も経済も精霊王との関係にしても、帝国が世界で一番うまくいっているから、今のこの状況を維持したいんでしょ？

でもそれが私個人の存在で左右されちゃうと思っているのなら、それって皇帝やブレインを侮辱しているってどうしてわからないかな。

「私は家族や友人を傷つけられるのがなによりも嫌いってわかっているでしょ？」

「ええ」

「だから子供を絡めるより、私とモニカの友情を強化するほうが帝国にとって安全だし、モニカのためにもなるわよ。ああでも、私に何かさせたいときには、これから利用するからって前もって言っておいて。そのほうがわかりやすくて助かるわ」

「ディア……そうね。そうよね。皇族だからとか皇妃だからとか、今まで陛下だってそんなこと口に出さないで、たくさんの友人を作ってきたんですもの。私も自分なりの在り方を見つけなくちゃ」

大変そうだ。

皇妃にならないと決断してよかった。

「ディア、ありがとう。いつもあなたは元気をくれるわ。立ち向かってみようって思わせてくれる」

「いやだもう。照れるじゃない」

私だって、こうして話が出来る友人の存在にたくさん力をもらっているのよ。

理解者がいるから、胸を張って突き進んでこられたの。

それにしてもだいぶ参っているみたいで心配だわ。

でも私が動くのは駄目だし、どう動けばいいかわからない。

こういう時はお母様とスザンナに相談するのが一番よ。


ということで、さっそくその日の夕食の席で相談という名目でお母様たちに言いつけた。

こういうことは鮮度が大切よ。

「それでご夫婦でいらしたのね。エルダは結婚前に子供が出来たし、スザンナもイレーネもすぐに子供が出来たから比べられているのかもしれないわ」

「お母様、モニカ様の話し相手として選ばれている方たちの様子を調査する必要がありますわ。ミーア様に協力をお願いしましょう」

「そうしましょう。スザンナ、あなたも皇宮に行く気はない？　クリスが領地に戻っている今なら、あなたが皇妃様の話し相手になっても問題ないはずよ」

おお、話が早い。

ノーランドはバントック派のようにならないって示すのはいいけど、もう少しモニカを守っていいと思うわ。

ジュードにもしっかり言っておかないと。

「ディア、ベリサリオのことを気にしなくていいんだよ。私たちは大丈夫だ」

食事の間、たまにじーっと私を見つめていたお父様が、優しいまなざしと口調で言ってくれた。

孫がいるとは思えないほど若々しくて素敵な自慢の両親よ。

「はい。私もそう思います。だって私の家族が負けるわけないですもん」

私の娘を人質にしたなんてことになったら、ベリサリオが黙っているわけない。

そしてベリサリオに何かしたら、私が黙っていない。

「それにしても帝国は心配性の人が多いですね。あの皇帝陛下がいれば安泰でしょう？」

「人間は欲張りだからなあ。さ、もうこんな話は終わりにしよう。明日にはもう嫁いで……嫁いで……」

「あなた」

「大丈夫だ、大丈夫」

おーーい。誰かノエルを連れてきて。

お父様が泣き出しちゃいそうよ！

って、さすがにもう寝ているわよね。

ここは私がどうにかしなくちゃいけないって、明るい話題を持ち出して、お兄様たちも協力してくれたおかげで、楽しく夕食を終えることが出来た。

アランお兄様も戻ってきていたので、ひさしぶりに家族が揃って両親も嬉しかったみたい。

明日からはまた、私やアランお兄様がいなくなってしまうって両親は寂しがっていたけど、結婚すればパティもこういう席に顔を出すようになるし、孫もどんどん増えてもっと賑やかになるわよ。

自分の部屋に戻って寝る準備をして、今夜は草原にはいかないことになっているから早めに寝ようかなって思っていたら、お兄様たちが来ているってレックスが教えてくれた。

「こんな時間にどうしたんですか？」

居間で私を待っていたふたりは、いつもと変わらない落ち着いた雰囲気だ。

本当はお父様のようにお兄様たちも泣いちゃったりして、って思っていたんだけど、それぞれ家族が出来て、一緒にいる時間が減って、物理的にも精神的にも程よい距離感が生まれたんだと思う。

それが大人になるってことよね。

「ディアとこうして一緒に過ごせるのは今日で最後だから、会いに来たんだよ」

ソファに座っていたふたりは、私が部屋に入ると立ち上がって出迎えてくれた。

「渡したいものもあったんだ。兄上、ディアの肩になついていないで渡してくれよ。え？　もう泣いている？」

「泣くか」

こうして三人だけで話すと、子供の頃の雰囲気にすぐに戻れる。

それぞれ身分とか立場とか家族とか、守らなくちゃいけないものが増えても、こうして信頼し合える兄妹でいられることがなによりありがたい。

「はい、これだよ。いいかい。この魔道具は使わないでいてくれるほうがいいんだ。お守りとしてずっと持っていてくれ」

クリスお兄様が手渡してくれたのは、大きな魔石のついた金色の板？　箱？　手で掴むのにちょうどいい幅と厚さで、細かい装飾がとても綺麗だ。

お守りって言っていたから、お札みたいなものなのかな？

「これがあればもう、あんな棒を振り回さなくてよくなる。陛下がくれた物だから捨てなくていいけど、あれは危ないから使っちゃ駄目だよ」

アランお兄様が言っているのは如意棒もどきのことよね。

ってことは、これは武器になるの⁉

結婚祝いが武器ってどういうことなの。

いやでも、昔の日本では懐に忍ばせることが出来る短刀を、嫁に行く娘に持たせたっていう話を聞いたことがあるようなないような。

ベリサリオにも武士道があったのか！

「魔力を込めればいいんですよね？」

「使わないでくれって言ったばかりだよ」

「クリスお兄様ってば、ちょっとだけですよ。いざという時に起動したことがないと使えないかもしれないじゃないですか」

「起動って？」

この世界に起動って単語はなかったっけ？

魔道具は起動するとは言わないか。

最近前世の記憶があやふやで、たまに間違えて使ってしまうことがあるのよ。

「人に向けない、家具にも向けない」

「下に向けて……ぎゃ」

ちょっと魔力を込めただけよ。ほんのちょっとよ。

不意に板が伸びて、左右に細い板がつきだして、その先に青白い光が噴出した。

この形状って見たことがあるわ。

「フォースと共にあらんことを？」

こんな台詞を言う映画がなかった？

小説だったかな。

「危ないから上に向けるな！　触れたら切れる！」

「えええ、触っただけで切れるんですか⁉」

「リヴァか？　ジン？　どさくさに紛れて魔法を使おうとするな」

アランお兄様の言葉を聞いて、きょろきょろとリヴァとジンを探したけどいない。

以前如意棒もどきに炎を纏《まと》わせたのを羨ましがっていたから、今度は自分がって思ったんだろう。

「戻りなさい。終わり！」

魔力を止めて、元の板に戻した。

こんな危ない物を私に渡すなんて。

何かが壊れたり誰かが怪我をするでしょう。

「ありがたいけど危ないわ」

「お守りだって言っただろう。本当に自分の身が危ない時には、これで全部ぶち壊してでも元気な姿で帰ってくればいい」

「そうだよ。ディアは三百年も生きられるんだ。僕たちがいなくなった後でも、それがきみを守ってくれる」

やめて。いなくなった後のことなんてまだ考えたくない。

「ディアがルフタネンの人間になっても、僕たちの妹だってことに変わりはない」

「そうそう。本当につらい時にはベリサリオに帰っておいで。兄上は喜んで迎えてくれるよ」

「おまえもだろ」

「あ、うちに来てもいいよ。パティも喜ぶ」

「……ありがとう」

いつも味方でいてくれてありがとう。

転生する前の記憶を持っていると聞いたあの日からずっと、守ってくれてありがとう。

「もう泣かせないで。明日、すごい顔で結婚式に出ることになっちゃう」

「それはいけないな」

しつこいとはわかっているけど、でも神様、ありがとう。

私をベリサリオのディアドラとして転生させてくれて。

そりゃあ、どこに生まれても私は私だっただろうけど、こんなにも理解者に恵まれることが出来たのはベリサリオに生まれたからだ。

だから私にとって、これからもずっとベリサリオは特別であり続けるわ。

とうとう嫁ぐ日がやってきました

結婚式当日は、どの世界の花嫁だってきっと朝早くから大忙しだ。

昨日の夜はドキドキしてしまって寝付けなくて、ようやく寝たと思ったらもう朝で、すぐにたたき起こされて睡眠不足で、入浴している間に寝てお湯の中に沈んでしまって、侍女たちは慌てまくるし精霊たちは回復魔法をいっせいにかけるしで大変だった。

魔法の眩《まぶ》しさですっかり目が覚めたわ。

嫁に行く日はきっと気持ちが高ぶって、ベリサリオを旅立つ寂しさとカミルとの生活が始まる期待で、特別な気持ちで一日を過ごすのかなと思っていたのに、普段と変わらないわ。

いいのかこれで。

スザンナもモニカも結婚式の日は普段にも増して綺麗で、光り輝いて見えたのにな。

私は精霊たちの魔法で光り輝いちゃったわよ。

「朝ごはんはしっかり食べておいたほうがいいですよ」

「式の食事も食べる気でいるから大丈夫よ」

「食べないでくださいい。水分も気を付けてくださいね。花嫁が途中でトイレに駆け込むのはまずいですよ」

「大口を開けて料理を食べるのもまずいです」

お風呂をあがって髪を乾かす間に、朝ご飯が部屋まで届けられた。

夕べは家族だけで食事が出来たので、お父様が嫁入り前の最後の食事だって涙ぐみそうになって大変だったわ。

昨日のお別れ会の時だって、やっぱり嫁に行かせたくないなんてごね始めたので、スザンナがノエルを連れてきてくれたの。

両手を伸ばして抱っこをせがむ孫を見て、お父様もようやく落ち着いてくれた。

そのあと小声でありがとってノエルにお礼を言ったら、ウインクをしたような気がするけど気のせいかな。

私の甥っ子が天才で可愛くて最高よ。

「昨日も大勢のお客様が来て盛大なパーティーでしたけど、今日も素晴らしい結婚式になりそうですね」

髪を結ってくれているのは、赤ん坊の頃から侍女をしてくれているシンシアよ。

もうひとり、やっぱり赤ん坊の頃からいるダナは、さっきから涙ぐんでしまって仕事にならなくなっている。

「もっとこうお腹に溜まるものがほしいわ。肉がいいな」

「花嫁が結婚式の朝から肉を食べるなんて聞いたことがありませんよ。それよりちょっと黙っていてください。化粧中です」

ネリーに怒られてしまった。

まだ化粧水をつけている段階だから平気かと思ったのよ。

「このアクセサリー、いくらするんでしょう」

「考えちゃ駄目よ。こわくてさわれなくなるから」

それを私はずっとつけているんですけど？

お金って、桁が大きくなるとよくわからなくなってこない？　麻痺《まひ》してしまう。

私個人の財産の金額を言われてもピンとこなくて、

「さすが冷静ですね。平均的な伯爵家よりお金持ちですよ」

って、驚かれたことがある。

でも屋台で買い物をするのに、安いほうを選んじゃってもっと驚かれたっけ。

店ごと買い取れる金があるだろうって。

「ドレスにお着替えください」

「え？　まだこれ食べてるのに？」

「ディア様？　いい加減食べるのをやめてもらえませんかね？　口紅がつけられなくて待っているんです」

「ネリーがこわい」

「あたりまえでしょうが。結婚式だってわかってるの？」

敬語が飛んでるよー。

幼馴染の伯爵令嬢に戻ってるよー。

「ああ、私のほうが胃が痛くなってくる。お願いですから、ドレスの裾を踏んで転ばないでくださいね。食事しようとしてソースをドレスにこぼしたら本気で怒りますからね！」

うーん。十八にもなって、こんなことを心配されるとは。

ドレスを汚さないように、世の中にはナフキンというものがあるじゃないか……って言える雰囲気じゃないな。おとなしく頷いておこう。

「出来ましたよ」

鏡を私のほうに向けてくれたので、近づいてしげしげと眺めた。

この世界にはウエディングドレスは白だなんて風習はない。

たいていは相手の色か相手の家の色を取り入れたデザインにする。

でも過去の記憶が心の奥に常識として色濃く残っているのかやっぱり白が着たくて、白にターコイズグリーンの刺繍を施したドレスにしてもらった。

ターコイズグリーンはベリサリオの色なのよ。

白にターコイズグリーンってカミルの色もイースディル公爵家の色も入っていないでしょ。

なぜかというと結婚式はこのドレスでして、晴れて入籍した暁には、ルフタネンの結婚式で花嫁が着る民族衣装風のドレスに着替えて食事会に出席するからなの。

「お似合いですわ」

「何度見ても見事な刺繍ですね」

襟元や胸元にあしらわれた刺繍だけは、ルフタネン風の模様になっている。

スカート部分は薄いレースを何重にも重ねたトレーンドレスだ。

裾を引き摺るやつね。

小さな子が花嫁さんの裾を持って教会に入場するのって、洋画で何度か見たわ。

私の裾は誰かに持ってもらうんじゃなくて浮かすの。

精霊車が浮かせるんだから、ドレスの裾を浮かせるのなんて簡単でしょ？　って精霊獣にお願いしたら意外と大変そうで驚いた。

精霊車は重いからがっつり魔法を使って持ち上げればいいけど、ほんの少しでも力を入れると捲《めく》れてしまうドレスの裾を、一定の高さで保つのは神経がいるんだって。言われてみたらそりゃそうだわ。

無理そうなら普通のドレスに変更しようって話になったんだけど、負けず嫌いのイフリーは出来ないなんて言いたくないし、精霊獣たちも結婚式が特別だというのはわかっていて、私の希望をかなえたいって練習してくれたの。

その気持ちが嬉しいじゃない。

リヴァとジンは私の前をふわふわと浮いて移動して、イフリーとガイアが裾を持ち上げて後ろをついてきてくれることになった。

「さすがです。黙っていれば清楚で純真な花嫁に見えます。よかった。本当によかった。ディア様が幸せそうで……」

「ありがとう」

「とうとう嫁いでしまうんですね」

「ネリー、今生の別れみたいな雰囲気で涙ぐんでいるところ悪いんだけど、あなたもルフタネンに行くのを忘れてない？」

「あ、そうでした。つい送り出す気持ちになっていました」

大丈夫か、この子は。

家族になかなか会えなくなるのはネリーも一緒なのよ？

ちゃんと挨拶してきたんでしょうね。

「もうほとんど家には帰ってないんですから今更ですよ。兄の家族が賑やかにしているので両親も寂しくないでしょうし、私のことは諦めています」

「ミーアとは話したの？」

「はい。パオロ様と一緒にルフタネンに遊びに行くから案内してって言われています」

そうか。アランお兄様がルフタネンに行くから、パオロは留守番組だったわ。

「そろそろ行きましょうか。ダナ、シンシア、精霊の森の屋敷をよろしくね」

「はい。あそこはディア様の屋敷なんですから、たまには遊びに来てくださいね」

「みんな、待っていますから」

「ありがとう。こんなに帰ってくるの⁉　って驚くくらい帰るわよ」

ふたりに別れを告げ、廊下に出る前に部屋をゆっくり見まわした。

この部屋を使うのは今日が最後。今度ベリサリオに帰る時からは、客間を使うことになる。

部屋を残しておいてもいいのよってお母様は言ってくれたけど、クリスお兄様とスザンナの二人目三人目の子供が生まれるかもしれないじゃない？

その時にあの眺めのいい部屋は子供部屋にしてほしいの。

誰にも使われないでがらんとしているより、部屋だってそのほうが嬉しいわよ。

「ディアドラ様、おめでとうございます‼」

「ディアドラ様‼」

廊下にはベリサリオ城の使用人たちがいて、壁際にずらりと並んで見送ってくれた。

さすがに全員の顔は覚えられていないけど、どの人も私たち家族のために働いてくれている人たちだ。

中には子供の頃からお世話になっている見知った顔もいて、涙ぐんでいる人もいるもんだから、私まで涙で目が潤んじゃいそうで、出来るだけ笑顔で前を向いて歩くことにした。

「ネリー、あなたが泣かないで」

「今までのことをいろいろと思いだしちゃって……ぐすっ……ううっ」

あなたはこの後ルフタネンに行って、結婚式の手伝いや私の着替えをする仕事があるのよ。

涙で顔がべしょべしょになっているじゃない。

あ、レックスのやつ、本当はここで合流する手はずなのに、ネリーの顔を見てうへえって顔をして逃げようとしたでしょ。

ルフタネンに行けばミミとリュイが待っているから、ネリーはさっさと彼女たちに預けてしまおう。

「ディア様はいつも家族や友人の心配ばかりで、自分のことはおろそかにするんですから」

「え？」

いやいや。私は自分の好きなように生きてきたわよ。

自分の心配をしないのは、心配するようなことがないくらいに周りが守っていてくれるからよ。

「これからはカミル様が傍にいてくださって安心ですね」

「うんうん、そうね。レックス、誰かにタオルを持って来させて、ネリーの顔をどうにかしなくちゃ」

「何をやってるんですか、この女は。目をこするな。化粧が落ちて目の周りが黒くなってるぞ」

まだここは内輪だけしかいないから、ギリセーフよ。

外には結婚式に出る人たちと見送りの人たちが大勢集まっているんだから、しゃきっとした顔で出ていかなくては。

「ネリー、あなたの仕事は何？」

「ディア様の侍女長です」

「側近だって話はいまだに無視なのね。まあいいわ。こんな大切な場で泣いて役に立たない人に、侍女長なんて任せられないわ。置いていくわよ」

「うわあん。五分待ってください。しっかり顔を修正してきます！」

ネリーが駆けだすと、侍女が何人か追いかけていった。

化粧直しを手伝ってあげるのかも。

「始まる前から大騒ぎね」

「お嬢じゃなくてネリーがやらかすとは思いませんでした」

「あいかわらず失礼なやつだな」

「お嬢こそ、花嫁が腕を組んでふんぞり返っていては駄目じゃないですか」

無意識ってこわいわあ。

いつの間に腕を組んだのかしら。気付かなかった。

「先に行きますか？」

侍女と言ってもネリーも今日はドレス姿で、レックスも髪をセットしていつもよりは気合の入った服装をしている。それでも執事に見えるのがさすがよ。

ベリサリオから行くのは三人だけなので、一番信頼出来るふたりだ。

ミミやリュイも信頼しているわよ。でも彼女たちはカミルの侍女だって意識がまだどこかにある。でもこれからは私もルフタネン人になるんだから、いつまでもそれじゃ駄目なのよね。

イースディル公爵家の人たちは、これからは私の一番身近な大切な仲間たちになるんだから。

「五分くらい待ちましょう。平気だって笑っているけど、あの子も他国での生活が不安で眠れなかったりするんじゃない？　家族と会えないのだって寂しいはずよ。今日はテンションが少しおかしいしカリカリしていた気がするわ」

「テンションがおかしいのはいつもですよ。しょうがないなあ。じゃあゆっくり歩きましょう。もう外に大勢の人が集まっているんですから」

え？　私より先にお客さんが集まっているの？

私や家族が揃ってから出迎えるのかと思っていたわよ。

今何時？　まだ早い時間でしょう。

「まさか陛下やブレイン、精霊王ももういるの？」

「いますね」

なんてこったい。

「今日は正面の広場を開放しているので、領民たちが大勢集まってお嬢を見送るために待っていますよ」

「そんな話聞いてたっけ？　昨日、正門近くまで行って領民に手を振って挨拶したじゃない」

「それが好評すぎて、昨日は参加できなかった領民たちが門の外に押し掛けて、放置は出来ないので広場を開放したんです。しっかりフェアリー商会が屋台を出してお祭りになっています」

まだ午前中なのに!?

今日は平日でしょ。仕事はどうした。

「お待たせしました！」

ネリーがきっかり五分で戻ってきた。

さっきより薄化粧にしたからか、ネリーの顔に疲れが見える。

当人の私は、体調管理のために早寝早起きの生活をしていたけど、結婚式や披露宴、ルフタネンでの新生活の準備をしてきた人たちは疲労が溜まっているんだろうな。

「ルフタネンに移動したら少し仮眠をとりなさいよ」

「結婚式に参加しないなんてありえません」

結婚式が終わって夜の食事会が始まるまで時間があるから、ネリーにはそこで寝てもらおう。

レックスも多少疲れは見えるけど、彼の場合家族全員がベリサリオに代々仕えてきた家だからか、経験の差か、平常運転出来ているんだよね。そういうところはさすがよ。

「扉を開けますからね。余所行きの可愛い顔をしてください。口をへの字にしたら駄目ですよ」

口うるさいのはレックスもネリーも同じだな。

もう十八になって人妻になる私はそんなことはしないのよ。

……人妻って響きがエロイな。

「いいですか？　開けますよ」

「いいから開けちゃって」

扉の横に立っているふたりの騎士に、直接指示を出した。

私とレックスのやり取りを聞きながら、どのタイミングで開ければいいのかとハラハラした顔をしていたから、私にはっきりと指示されて、ほっとした顔で両開きの扉をふたり同時に左右に開いてくれた。

「おおおおお」

「これは綺麗だ」

「ディアドラ様！」

歓声の圧で一瞬よろめきそうになるくらい、見晴らしのいい中庭に続く扉の外には大勢の人が集まっていた。

ふたりが並んで歩けるくらいのスペースを空けて、左右にずらりと見知った人たちが並んでいる。

遠くからも歓声が聞こえたのでそちらに顔を向けたら、庭から見下ろせる正門前の広場に、レックスの話を聞いて想像した三倍くらいの領民が集まっていた。

お別れの会は昨日終わらせたから、今日はベリサリオでは何もしないのよ？

ただ私がルフタネンに出発するのを見送るだけなの。

ほんの十分にも満たない見送りのために、午前中からこんなにたくさんの人が待っていてくれるなんて思っていなかった。

「ネリー、いい加減に……」

後ろのほうからレックスの声がかすかに聞こえた。

外に出てからはトレーンドレスの裾が綺麗に見えるように、イフリーとガイアが私と少し距離を取っているせいで、その後ろにいるレックスやネリーの会話はほとんど聞こえてこない。

でもまたネリーが泣きそうになっているんだろうな。

「あのドレス素敵じゃありません?」

「裾が輝いてるわ」

わずかでも魔法を使うとかすかに光るので、イフリーとガイアが裾を持ち上げるために魔法を使っている間はずっと、ドレスの裾は淡い光に包まれている。

そこに左右に並ぶ人たちの後ろから侍女たちが魔法で飛ばした花弁がパラパラと降ってきては、裾と同じように浮いて、風に飛ばされていく。

それが女性陣に好評みたいなので、これから結婚式ではトレーンドレスとこの演出が流行るかもしれない。

見送りの人の列を抜けると結婚式に参加する人が待機している先に、ベリサリオの家族と皇族三人、そして四人の精霊王が並んで待っていた。

ノエルはお留守番なので乳母に抱かれて不服そう。

スザンナとパティはもちろん、私の友人は全員が結婚式に参加してくれることになっている。

『本当に私がエスコートしていいのか？』

私の傍に近付いてきて手を差し出したのは瑠璃だ。

ルフタネンに行きカミルに会うまでは、瑠璃がエスコート役をしてくれるの。

「お父様が私のエスコートをするとお母様がひとりになっちゃうでしょ？　だから瑠璃に任せるんですって。それにたぶん、みんなの前で泣きそうで嫌なんじゃないかな」

『ディアがいいのならいいんだ』

「いいに決まっているじゃない」

ベリサリオの担当で、四歳だった私が精霊獣を育てた時に最初に話しかけてくれた精霊王が瑠璃だ。

それからずっと、時には父のように、時には兄のように、私を守って支えてくれた。

ルフタネンに嫁いだらルフタネンの精霊王と会う機会が増えるし、彼らのことも大好きだけど、やっぱり帝国の精霊王は、中でも瑠璃は私にとって特別な存在よ。

『イースディル公爵の屋敷には自由に顔を出してもいいと、ルフタネンの精霊王に許可を取った』

「待って。まず私の許可を取って。自由に出入りって何？　瑠璃の住居には私の部屋があるんだから、私が行くわよ」

『瑠璃、ここで話し込まないでよ』

いけない。みんなが待っているのを忘れてた。

翡翠《ひすい》に言われて我に返って、瑠璃と腕を組んで見送りの人たちのほうに体を向け、開いているほうの手でドレスを摘まんでお辞儀をした。

「昨日に引き続き、今日もこんなに大勢の方に見送っていただけるなんて、私は幸せ者ですね。ベリサリオの人達も見送りに来てくれてありがとう」

ベリサリオ城は丘の頂上にあるので、城下町から城までは、うねうねと曲がる道を上って来なくては辿り着かない。

戦争で敵が簡単に来ないように造られた道なので、精霊車を使用するようになってもこの道が整備されることは今後もないと思う。

城の正門にたどり着いても、そこから城までも段々に整備されているので、坂道か階段を上らなくてはいけないから、城の中庭にいる私たちからは領民が集まっている正門の広場は見降ろす形になるのよ。

だから広場のほうを見降ろしながら手を振ったら、驚いてのけぞりそうになるほどの歓声が返ってきた。

「姫ー!!」

「妖精姫万歳!!」

「ディアドラ様!」

ああ、本当に私は幸せ者だ。

このベリサリオに生まれてきてよかった。

今日からルフタネン人になるけど、いつまでもベリサリオは私の故郷だ。

『そろそろ時間だ』

「みなさん、健康に留意してお過ごしくださいね。また会える日を楽しみにしています」

もう一度ドレスを摘まんで挨拶して、見送りの人たちに背中を向けて歩き出した。

中庭は長方形の形をしていて、長いほうに歩いていくと転移用のスペースがあって、更に進むと避暑に来たお客様を泊めるための別館がある。

短いほうは五十メートルくらいしかなくて、まっすぐに進んでいくと、見晴らし台になっている場所があって、その先は地面がないわけよ。斜面になっているから。

瑠璃がそちらに向かって歩き出したので、腕を組んでいる私もそちらに向かいながら首を傾げた。

いつもなら大勢を一度に転移させるときには、私が空間に穴をあけるじゃない。

でも花嫁の私がおもむろに空間に巨大な穴をあけて嫁ぎ先に行くって、あまり格好良くないでしょ？　それで今日は瑠璃に空間を繋いでくれるようにお願いしたのよ。

どこを繋いでくれたんだろう？　それらしいものは見当たらない。

それともこれから繋ぐのかな。

……にしても、どうして見晴らし台のほうに進むんだろう。

「あ」

不意に空に光がきらめいて、巨大な白い扉が出現した。

「なぜ、空？」

ベリサリオ民と見送りの貴族たちがどよめいているじゃない。

なにこの派手な演出。

そもそもどうやってあそこまで行くんだろう。

まさか全員、精霊獣に浮かせてもらって移動するの？

高所恐怖症の人がいたら地獄よ。

「ねえ、瑠璃？」

聞こうと思って声をかけた私の足元が淡く輝き、やがてその光が扉まで続く橋になった。

銀色の床に私の胸の高さくらいまである金色の手すり付きの橋だ。

美しいうえに安全もしっかり考慮されている。

「素敵だけど、なんでこんなに派手にしたの？」

もう大歓声よ。

目の前で奇跡が起こっちゃっているんだから、そりゃテンションも上がるよね。

『我々が後ろ盾になっている妖精姫の嫁入りだぞ。これでもまだ地味なくらいだ』

やめてー。精霊王の地味は、人間のど派手よ。

『行くぞ』

でももうここで橋を消してくれなんて言って、瑠璃と揉めているところを見せるわけにはいかない。

当然だという顔で、にこやかな微笑付きで歓声に手を振り、瑠璃にエスコートされて橋を歩いていく。

これって、下からはどう見えているのかな。

うわ、気になる。ちょっと下まで行って確認したい。

この金色の手すりって、もしかして純金だったりするの？

彫刻まで施されているのは前もって用意してくれた物をここに出現させたのかな。それとも魔法を使う人の美的センスが反映されるのかな。

滑らないように加工されている銀色の床も気になる。

『ディア、そわそわするな』

「この床って……」

『気になるなら落ち着いてから、どこかに出現させて触らせてやるから』

「約束よ」

『おまえは……いくつになっても変わらないな』

えー、ちゃんと大人になっているわよ。

というか、元々中身はアラサーだったから、今の年齢は考えないようにしているくらいに大人のはずよ。

今だって、本当にしゃがんで触ろうとは思っていなかったわよ。

後ろには両親やお兄様たち、皇族までいるのに、そんなことをしたら恥ずかしいし一生言われることになるもの。

『前を向け』

瑠璃が笑いを堪えながら言うから、私も笑顔で前を向いた。

ちょうど目の前の巨大な扉が、ゆっくりと開かれていくところだった。

なんであってもやっぱり見た目は重要よ。

ここで出現した扉が地獄への門みたいな禍々《まがまが》しい物だったら、今頃私たちを見上げている領民たちはあんな明るい顔をしてはいられなかっただろう。

今回出現した扉は、白い木目風で薔薇《ばら》で飾られている可愛らしい扉だったから、相変わらず精霊王はやることが派手だなくらいに思ってくれるんじゃ……無理か。大事件か。世界中に広まっちゃうか。

奇跡として語り継がれてもおかしくないことをしちゃっているんだった。

「これ、平気かな」

『何がだ？　音楽も奏でようかと思っていたが琥珀に止められたんだ。光が降り注ぐ演出も出来るぞ』

「もう充分です」

私の娘の縁組話が出るのも仕方ないなって思ってきたわ。

精霊王たちが私のためにこうやっていろいろとしてくれちゃうのを見たら、そりゃ放置できないよね。

私が年をとらないのを実際に目にしたら、きっとまたいろいろと問題が出てくるはずだ。

『ディア、大丈夫か？』

「うん。私って思っていた以上に影響力のあるとんでもない存在なんだなって思っていたところ」

『……今更？』

え？　瑠璃にそんなふうに言われちゃうの？

そんなに私って非常識？

『ほら、カミルが待っている』

声が笑ってるわよ。

確かに扉に近付くにつれて向こうの風景が見えてきたけどね。

「うわ……」

扉から一歩足を踏み出した途端、パンパンという花火の音と共に待ってましたとばかりに歓声があがった。

ずいぶん前に初めてルフタネンを訪れた時と同じ迎賓館前の広いスペースに、私を出迎える貴族たちがずらりと並び、歩道と敷地を区切っている格子の壁の外には一般人たちが群がっている。

そんなに押したら前の人が潰れちゃうんじゃないかって心配になるほどの数だ。

こういうの、前世のＴＶで観たことがある。

なんのパレードだったかはもう思い出せないけど、銀座の歩行者天国で有名人がパレードをした時に大勢の人が集まっていた時みたい。

そうか私、超人気芸能人並みの注目を浴びているのね。

普段、狭い世界で友人や知り合いとしか接していないから、いまだにいまいち実感がなかったわ。

足を止めたら後ろが渋滞してしまうので、そのまままっすぐにカミルとルフタネン国王夫妻が並んでいる方向に歩いていく。

国王夫妻の前には王子がふたり並んでいる。

ここにはいないけどまだ一歳の王子がいるので、ルフタネン王家は男ばっかりなのよ。

国王は娘がほしいらしいんだけど、これ以上王子の数が増えると自分たちの時のように権力争いが起こりかねないので、もう子供はいいって話になっているんだって。

ふたりでも争いは起きる時には起きるよね。

「ディア」

嬉しそうに私を出迎えてくれたカミルは、髪をセットしていつもより豪華な民族衣装にいつもより長いマントをつけて、すらっと背が高く素敵に見える。

これが私の旦那になる人よ。すごくない？

「大丈夫か？」

瑠璃から離れ、差し出されたカミルの手を取った途端、歓声と共に地面がかすかにだけど揺れた。

これだけ大勢の人が興奮して一度に飛んだり跳ねたりしたせいだ。

帝国からこちらに移動してくる招待客の列はまだまだ続いているので、扉の向こうから帝国側の歓声も聞こえてくる。

扉を挟んで遠く離れた場所の、国籍の違う人たちの声援が重なり合うってすごくない？

「このまま建物に入るぞ」

「え？　来てくれている人に挨拶しなくていいの？」

「ディアが何かして更に見物人が熱狂したら危険だ。きみが来る前に人数が多すぎるので今日は何もしないと説明してある。どうせあとでパレードするからいいんだ」

そうでした。

パレードを思い出したなんてのんきなことを考えている場合じゃなかった。

私も今日、パレードに参加するんだった。

帝国でも陛下が結婚式でパレードをして、警備が大変だったってアランお兄様が話していたわ。

私は皇宮に残っていたので、出発するところと帰ってきたところしか見ていないのよ。

「こっちだ」

「うん」

でもこのまま引っ込むのは申し訳ない気がして、ドレスを摘まんで膝を折るだけの簡単な挨拶をしたら、それだけでもう熱狂的な反応が返ってきてびっくりしてしまった。

「ディア」

「これだけで？」

「パレードのアナウンスをするんだ。場所取りのために人がばらける」

「了解しました！」

やばいやばい。

大丈夫かこれ。

「こんなに喜ばれる？　もう何度もここに来ているのを北島の人は知っているでしょ」

「遊びに来るのと嫁ぎに来るのを一緒にするな。それに……」

「それに？」

「パレードの時に世界中の精霊王たちが見物に来るらしい」

「やめてーー」

すでに建物内に入り、見知ったイースディル公爵家の人たちに囲まれているから、気楽に声が出せたのよ？

さすがに外で変な声は出していないわよ。

私がカミルの隣に並ぶのを確認した瑠璃が、姿を消したのは予定通りなので、今頃は他の精霊王と一緒に結婚式に出席する準備をしているんだと思う。

ルフタネンと帝国の精霊王たちは、絶対に結婚式に出席すると言い張って聞かなかったの。

「まだこれから結婚式なのにもう疲れた」

自分の部屋を出てからここまで何分よ。

この短時間にこの疲労感はやばい。

緊張していたのもあるけど、あの歓声と人の多さに圧倒されたのもあると思う。

「皆さんの入場が終わるまでここでお待ちください」

転移して先に部屋にいたレックスとネリーのおかげで、迎賓館の一室が自分の部屋のように居心地がいい。

ミミとリュイが合流したのでネリーには披露宴の準備まで休んでもらおうとしたんだけど、結婚式に参列しないなんてありえないって言いきられてしまった。

この世界の結婚式って地味なのよ、普通は。

両家の約束事や条件の書かれた書類を取り交わして、結婚証書にサインして終わりなの。

保証人は参列した人にあらかじめお願いしてあるので、あとはふたり揃って役所に提出するだけよ。

食事会だって自宅でガーデンパーティーしたり、店を借り切ったり、まあいろいろだけどお昼ご飯を食べて夕方には解散するの。

新婚さんの邪魔をしないようにって配慮よね。

ただ今日は結婚式の後にパレードがあるから、食事会は夕方からになる。

「ディア、昨日のパーティーで俺達に娘が出来たらどうのって話が出たんだって？」

「もうカミルの耳にはいったの？」

「さっき義父上に聞いたんだ。アンディが冗談か本気かわからないが乗り気なようなことを言っていたんだろう。それで警戒しているようだ」

陛下はどうなんだろう。

本気でなかったとは言い切れないな。

いくら精霊王との関係がうまくいっていても、私と精霊王の親しさは他の人達とは明らかに違うもんね。

「やっぱりそういう話が出るか。今日も精霊王が勢揃いするからな。また話題になってしまうな」

「カミルのほうにもそういう話がきてたの？」

「正式にはきていない。ちょっと話題に出して反応を窺っている感じが何回かあった。面白いのが、ベジャイアやシュタルクはその気がないってことだ。ディアを刺激しかねないから自国の王族にディアの子供を迎える覚悟は持てないらしい」

ふん、私と接点のあった国ほど触らぬ神に祟りなしって態度を取るって、多少不満ではあるけど賢い選択よね。

私は自分を神だなんて思っていないけど、彼らからしたら祟り神にいつなるかわからない存在みたいなものでしょ。

「特にリルバーンがうるさくてな」

「あそこは、以前は五つの国がいい関係を築いていたのにね。だから新婚旅行に行くって話もしていたのに」

「それって十年近く前の話だろう？　それだけ経てばいろいろ変わるさ。今は来るなってリルバーンの精霊王に言われているっていうのに、精霊王を説得して来てくれっていうんだぞ。なんで俺達が説得しないといけないんだか」

十年経てば外交の顔ぶれも代わる。

トップに立つ人だって変化することもある。

リルバーンはそれで分裂しそうになっているのよね。

「そんなことより結婚式に集中しよう。ディア、今日はいつにも増して綺麗だ」

「ありがとう。カミルだって素敵よ」

「お、おう」

自分から言い出したくせに照れないでよ。

そういう反応をされると、私まで照れくさいじゃないか。

「そういえばルフタネンに転移する時、けっこう派手な来方をしたようだね」

「そうなのよ。瑠璃がやる気になってしまって」

「瑠璃様としては一番活躍したいという思いがあるんじゃないか？」

「それは嬉しいけど、奇跡を起こさなくても……」

「奇跡か……たぶん結婚式もパレードも派手だ」

うへえ。本人たちより周りの演出のほうが目立つんじゃない？

◆

招待客の着席が終わり、私たちの入場の時間になった。

案内の人に連れられて、カミルと並んで扉の前に立った時点でもう気付いてしまった。

ここは迎賓館特別ホールだ。

三層分吹き抜けで、ドーム型の天井には竜の絵が描かれている、北島で一番豪華で一番広い大ホールだ。

ゆっくりと扉が開くにつれて、とんでもない風景が目に飛び込んできた。

高い天井にゆらゆらと精霊が飛んで灯りの代わりになっている。

どうやら招待客の精霊も混ざっているようで、小型化して光りながら飛び回っている精霊獣もいるようだ。

壁際の左側にルフタネンの右側に帝国の精霊王たちが、揃いの豪華な椅子に座って空中に浮いているんだけど、なんでひらひらと花弁が舞うエフェクト付きなんですかね。

確かに神秘的よ？

でも目立ちすぎでしょ。

主役は私とカミルだっつーの！

「どうしてくれよう」

「落ち着け。精霊王をどうにかしようとするな」

ホールの一番奥には、壁に向かって天板が斜めになっている台が置かれていて、そこに結婚に必要なルフタネンと帝国両国の書類が並んでいる。

普通なら、正面に精霊王がいると見立てて誓いの言葉を新郎新婦が言い、ふたりかどちらかに精霊がいる場合は浄化魔法をかけてもらうの。

でも今回は、見立てなくても精霊王が揃ってしまっている。

いったいどこを見ながら誓いの言葉を言えばいいの？

『我らはディアドラの後見人の帝国の精霊王だ』

ちょっと、台の前に立った途端に何か始まったわよ。

『我らはカミルの後見人をしているルフタネンの精霊王だ』

瑠璃に続いてアイナの声が響いた。

意外。ルフタネン代表はアイナなの？

『我らはディアドラがルフタネンに嫁いだ後も後見人であり続ける』

『我らはディアドラの身を守りつつも、帝国の精霊王たちの立場を尊重する』

『また両国が今後も精霊との共存を続け平和を望む限り』

『我らは両国を守り続けるだろう』

おお……っと感嘆の声が響き、背後で参列者が嬉しそうな小声で囁き合う声が聞こえてきた。

『では、カミル、ディアドラ、誓いの言葉を』

瑠璃の言葉が終わらないうちから彼のほうを見上げ、

「もう話は終わったの？　まだならどうぞ続けて？」

つい、いつもより低い声で言ってしまった。

『え？』

『ディア？』

「おい、落ち着け」

カミルはそういうけどさ、私とカミルの結婚式なのよ。

私たちを無視して勝手に話を進めていくのはおかしくない？

何か月もかけてふたりの家族がいろいろ決めてくれて、みんなが用意してくれた式を精霊王に乗っ取られた気分よ。

『ディア？』

『どうしたの？』

精霊王たちが心配した様子で話しかけてくると、背後でのざわめきが静まり返った。

「精霊王は両国の国民の不安を取り除くために言ってくれたんだ」

「わかっているわよ」

「妖精姫は精霊王より強いという話になると困る」

あ……確かに。

そうだった。文句を言える人間なんて存在しないはずなんだった。

ここに出席している人のほとんどは、毎度のことだとわかっているとは思うけど、でも落ち着こう。精霊王たちも私やカミルのことを思って、良かれと思ってやってくれているんだ。

一生に、いえ私の場合は二生に一度のことだからナーバスになっていたわ。

さすが結婚式。冷静じゃないみたい。

「カミル、誓いの言葉を」

「ああ」

ふたりで顔を寄せ合って話し合っている間、精霊王たちも参列者もざわざわしていたけど、カミルが胸に手を当てて参列者のほうを見ると、すぐに静かになった。

「私、カミル・イースディルはディアドラ・エイベル・フォン・ベリサリオを妻とし」

名前が長くてごめんよー。

「生涯愛し共に生きることを誓います」

なるほど、ああやって全員に挨拶すればいいのね。

確かに壁に向かって誓い合うのもおかしいよね。立ち会ってくれている人たちに誓うほうがいいわ。

私も真似をして、参列者のほうを見て挨拶した。

うわ、お父様が涙ぐんでる。

「私、ディアドラ・エイベル・フォン・ベリサリオはカミル・イースディルを夫とし、生涯愛し共に生きることを誓います」

カミルの差し出した手に自分の手を重ねて微笑み合い、また参列者のほうに顔を向けた。

「私たちは両国の友好を願い、精霊との共存を願い、共に歩んでいくことをここに誓います」

『その誓い、聞き届けた』

瑠璃の声と共にまばゆい光が私たちふたりに降り注いできた。

浄化魔法……じゃない!?

「祝福は駄目だっうぐ……」

カミルが私を抱きしめながらくるりと向きを変え口を塞いだ。

「ディア、式の最中だって忘れるな。今更一回くらいの祝福なんて誤差だ誤差」

くっそー！　どさくさに紛れて精霊王たちめ！

八人分もいっせいに浴びたのよ。誤差のわけがないでしょうが！

「ほら、サインしよう」

覚えてなさいよ！　あとでたっぷり文句を言ってやるんだから！

カミルが私を抱きかかえて前を向かせた様子を参列者がなんだと思ったのかは不明だけど、少なくとも精霊王と最前列にいる家族や陛下は、私が叫びかけたのも、カミルが口を塞いだのも見えているだろう。

このままだと格好がつかない。

だから、まずは帝国の精霊王と向かい合い、ドレスを摘まんで床に片膝を立てて跪《ひざまず》き頭を下げた。

「今までずっと守ってくださってありがとうございます。結婚しても後ろ盾でいてくださるとおっしゃっていただけて心強いです。これからもよろしくお願いします」

私は精霊王に叫んだり文句を言ったりしていませんよ。

そんな恐れ多いことはしません、幻ですよ。

他の人達と同じように礼を尽くしていますよって、これで思ってくれないかな。

次にルフタネンの精霊王のほうを向き、同じように跪いて頭を下げる。

「カミルの元に嫁ぐことになりました。微力ではありますが、これからルフタネンの発展に尽くしてまいりたいと思っております。よろしくお願いします」

こういう時、カミルは頭の回転が速い。

すぐに隣に跪き、同じようにルフタネンの精霊王に挨拶して、続いて帝国の精霊王にも挨拶してくれた。

よし、少しは結婚式らしくなった。

あとは仕上げで両親に挨拶しないと。

両親には膝は折らずに軽くドレスを摘まんで頭を下げ、

「お父様、お母様、今までありがとうございます。これからはカミルとふたりで温かい家庭を築いていきます」

貴族の結婚式にこの挨拶はどうなのって言われるかもしれないけど、たぶん両親が一番心配しているのはそこよね。

「ディアドラのことはお任せください。無茶をしないようにしっかりと見張っておきます」

……はい？

「カミル、たのんだよ」

「よろしくね。何かあったら私に言いつけに来てね」

あれ？

このやりとりはおかしくない？

ともかく次はルフタネンの国王夫妻に挨拶だ。

「兄上、姉上にはいろいろとご心配をおかけしましたが、ようやくディアドラと結婚することが出来ました」

こちらはまずはカミルが話し始め、

「これからよろしくお願いします」

続けて私も挨拶した。

「よかったな。幸せになれよ」

「おめでとう」

そうそう。これが結婚式よね。

うちの両親の返事はおかしいのよ。

せっかくの感動の結婚式が、いつもと変わらないドタバタになってしまった。


じゃあパレードは大丈夫かと聞かれたら、こっちは最初から期待していないと答えるしかない。

結婚式会場から退出して、今度はルフタネンの民族衣装に着替える。

カミルとペアになっていて、肩にかける布だけは色違いだ。

ルフタネンでは成人したら髪を結いあげるという風習はないので、ハーフアップにして大きめのピアスを付けた。

東洋系の人は若く見えるから、髪はおろしておきたかったの。

精霊車はこの日のための特別製で、座席の位置がかなり高くなっている。

馬車の中に座る目線じゃなくて、馬車の屋根の上に座って見下ろす目線の高さだ。

このほうが遠くの人にまで見えるからってことなんだけど、つまりそれだけたくさんの人が集まると予想しているってことよね。

屋根のない精霊車を空間魔法で広げるわけにはいかないから、最初からゆったりと作られた精霊車の中央に座り心地のよさそうな大きな椅子がふたつ並び、外からは見えない場所にあるテーブルに、飲み物と一口サイズのお菓子が置かれていた。

「飲んだり食べたりしていいの？」

「二時間くらいはかかるんだ。かまわないだろう」

二時間？　二時間⁉

私の精霊獣が勝手に動かしてくれるので、運転する人はいないから本当にカミルとふたりだけ。

周囲を囲むふたりの精霊獣は、観客の視線を遮らないように低い位置で移動することになっている。

出発を知らせる花火の音に送られて動き出し、迎賓館の門が開かれると大きな歓声が聞こえてきた。

「す、すごいわね」

先導車両が門を出ただけでこの騒ぎなの？

『もう出発するの？』

出発する前からモアナが出てきた。

「どうしたんだ？」

『他の国の精霊王がうるさいのよ。もう出発するの？』

「そうだよ、ほらもう動き出した」

『わかったー』

軽い口調で言ってモアナは姿を消した。

一気に力が抜けたわ。

カミルも頭を抱えている。

「カミル、笑顔よ笑顔」

「祝ってくれるのはありがたいんだ。感謝している。でも平気なのかこれは」

帝国の人たちは慣れていても、ルフタネンの国民は精霊王が勢揃いするのを見るのは初めてだ。

世界中から来たお客さんたちも、個人の結婚式にずらりと精霊王が並ぶとは思っていないだろう。

「もうここまで来たら開き直るしかないわよ。私たちを敵に回すとまずいって宣伝する気で行きましょう」

「それはもうどこの国もわかっているよ」

門を出たら、カミルと会話をしている余裕なんてなかった。

道の両側に大勢の人が集まっていたからだ。

上から見下ろす形なので、何重にも列が出来ているのはよくわかる。

歓声に応えて手を振って笑顔を振りまくだけのお仕事が、けっこう大変だ。

「妖精姫!!」

「カミル様!!」

大変だけど、だからこそ私はいくつになってもこの日を忘れない。

外国人の私をこんなにも大勢の人々が、目を輝かせて出迎えてくれて名前を呼んで歓迎してくれているんだ。

こんなにたくさんの愛をもらった日を忘れちゃいけない。

これからは北島の発展のために頑張るからね。

「出た」

カミルの呟きに急いで振り返り、彼が前方を向いているので私も前を向いた。

「うわあ」

精霊車の進む道の両側に集う人々の上空に、等間隔に精霊王が並んでいた。

何人いるのか、精霊王がどこまで続いているのかは考えたくない。

ただ祝福の代わりに花びらを撒くことにしたようで、風に乗って淡いピンク色の花びらが舞うのが美しかった。

「消えてる？」

「地面に落ちる前に消えるんだな」

魔法の花びらなのかな。

しばらく進むと花びらの色が水色に変わっていた。

「すごい。ごみ対策まで考えているなんてえらいわね」

「精霊王をえらいって褒めるのはディアだけだよ。ごみ問題を考える花嫁もディアだけだ」

「じゃあ、ごみは捨てないで持って帰ってねって叫ぶ？」

「お願いだからやめてくれ」

しないわよ？　冗談よ？

パレードの終わりまでずっと人々の歓声は途切れることがなく、最終地点の広場には帝国とルフタネンの精霊王が待っていて、色とりどりの魔法の花びらが空を舞い、精霊たちが楽しそうに空中を飛び回るという童話の中の祭りのような光景になっていた。

素晴らしかった。

感動した。

でも、鍛えている私でもずっと手を挙げたまま振っているのはきつかった。

途中で振る手を変えたので両手がプルプルした。

モニカもこうだったのかな。

だとしたら自分の結婚式より友人の結婚式のほうが、気楽に感動出来ていいなと思った。

ちゃんと新婚ですから

披露宴は普通だった。

いい意味でよ？　すっごくいい意味で。

外国からのお客様が多かったのでルフタネン式ではなく、帝国でも行われるパーティーのように長いテーブルを並べ、椅子に座っての食事会で、料理は美味しかったし参列者に贈った記念品は好評だった。

こういうのでいいのよ。

地味だと思われてもいいの。

王族より派手なのはおかしいって精霊王たちにも理解してほしいわ。

でもおかげでお客様方が私とカミルと話す時に、神経をとがらせて当たり障りない会話をしてくれて、挨拶だけで離れていく人も多くて助かったわ。

このふたりは怒らせないほうがいいって、世界規模で理解されたってことよね。

…………いいのか、それで。

長い夜をまだ楽しみたい若い人以外、ひとりまたひとりと招待客が帰路につく頃、私は寝室で侍女たちに囲まれていた。

化粧を落としてお風呂に入ったら普段はお休みなさいと寝る時間だけど、今日はそうはいかない。

結婚式当日の終わりを締めくくるのは、そう、新婚初夜ですよ。

やばい。緊張してきた。

知識だけは人一倍豊富なのに経験は皆無。

色気？　なにそれ美味しいの？　って性格だ。

カミルに任せておけばいいのよね？

でもそれってマグロってやつでは？

「どちらのお召し物がいいですか？」

ふたりの侍女が一枚ずつ広げた服を、真顔でネリーが勧めてきた。

片方はかわいいタイプのスケスケのネグリジェで、もう片方は露出多めなスケスケのネグリジェだ。

どっちもスケスケってなんなのさ。

「透けていない服がいいわ」

「新婚初夜なのに⁉」

まずい。ネリーも知識だけ豊富なタイプだった。

「あまりに押せ押せな服が似合うタイプではないでしょう？　シルクで上品な感じの、でも体の線に沿うような服はない？」

「あります！」

きらんとネリーの目が輝き、侍女のひとりがバタバタと衣装室に駆け込んだ。

こういう服はネリーが選んで用意したのかな。

今後も多分着ないと思うんだけど。

「こういう服がまだあるなら、みんなでわけて。私はいらないから」

「そうはいきません。カミル様にいるかどうか確認してから処分します。……一度くらいは着ましょうよ。夫をその気にさせる努力は大切だって聞きますよ」

そんな服を着たら恥ずかしくて布団から出られないわよ。

「では私たちはこれで失礼します」

「おやすみなさいませ」

どうにか着替えが済んで侍女たちが部屋を出ていき、ベッドの端に座った私と精霊獣たちだけが残された。

事情を理解しているのかいないのか不明だし聞きたくないけど、精霊獣たちはいつも通りで床に寝転んでまったりしている。

「丈が短い……」

普段は足首まで隠れるドレスばかり着ているせいで、膝が出る丈の服が妙に短く感じる。

滑るような手触りのシルクの服は、浴衣みたいに前を合わせてベルトで留めるデザインだ。

脱がしやすさ重視ですって感じが気に食わないけど、カミルも緊張していた場合、ボタンをいくつも外させるのはかわいそうよね。

……なんて考えていたらもっと緊張してきたぞ。

この待つ時間が嫌なのよ。男が待つべきでしょう。

長々と待たせていたら逃げる……ノックが聞こえた。

やばい、来た。

どこに行けばいいんだ？　こんなところに突っ立っていていいの？　ベッドの上にいるべき？

うろうろおろおろして挙動不審になってしまう。

「遅くなってすまない」

すんと緊張が消えるほど、髪が少し濡れている以外は、カミルはいつも通りだった。

服も何回か見かけたことのある寝間着じゃない。

なんで私だけこんな格好をさせられているのよ。

「うっ……」

ほら、カミルが私の姿を見て部屋に入ったところで固まっちゃっているじゃない。

やる気満々ですって服にドン引きしているんじゃないの？

「これは、侍女たちに無理やり着せられたの！」

「ああ……初夜だからな」

初夜って声に出して言うな！

手元に枕があったら投げつけていたわよ。

『初夜って何？』

ほらーーーー！　ジンに聞かれたじゃないか！

「結婚して最初の夜ってことだよ。今日から俺たちは家族になって一緒に生活するんだ」

『それは知ってる。今日からディアはこの家に住むんだよな。だから僕たちもここに住むんだ』

「そうだな。よろしくな」

『おう、よろしくしないこともないぞ』

ふんぞり返ったジンにカミルの精霊獣たちが勢い良く近づいた。

『偉そうに言うな』

『僕たちの家に住まわせてあげるんだよ』

『ディアは特別なんだ』

『べーーーーー』

なんだこの、子持ち同士が結婚したみたいな大家族の雰囲気は。

新婚の初々しさなんて飛び越えて、結婚十五年目の空気感になっている。

「はい、みんな。いつもみたいにディアと過ごす時間だ」

カミルが草原に続く扉を開けた。

『向こうで勝負だ！』

『四対一は卑怯だぞ。リヴァ、手を貸せ』

『なんで喧嘩してるのさ』

ふよふよと竜たちとジンが扉の向こうに消えて、

『あまり暴れちゃ駄目だよ』

ガイアが保護者のようにその後を追っていく。

イフリーは最後にのっそりと起き上がり、扉の前で足を止めて振り返った。

『朝まで放置するなよ。ちゃんと呼べよ』

「わかってる」

「必ず呼ぶよ」

最近は私とカミルも一緒に草原に行っていたから、彼らだけを扉の向こうにやるのはひさしぶりだ。

精霊としては離れるのは心配なんだろうな。

「…………」

パタンと扉を閉めたら、急に静かになってしまった。

カミルとふたりきりになったら、これはしておかなくてはと決めていたことがあったので、さっそくベッドに上ってカミルのほうを見て正座した。

「カミルもここに来て」

ぱんぱんとベッドを叩く。

カミルは少し眉を寄せたけど、すぐに私の希望通りにベッドに上ってきた。

「今回はなんだ？　初夜を台無しにするようなことだけはしないでくれよ」

私をなんだと思っているのよ。

「けじめよ、けじめ。挨拶はしておかなくちゃ」

「挨拶？」

カミルもちゃんと正座をするところが律儀だ。

「今日から夫婦になったんだから。これからよろしくお願いします」

三つ指じゃなくて、掌をべったりつけて頭を下げた。

「こちらこそよろしくお願いします」

「三百年の付き合いになるらしいので、のんびりやっていきましょう」

「そんなに長くディアと一緒にいられるのは嬉しいよ」

「百五十年くらいたってから、もう一度その言葉を言ってちょうだい」

「毎年言うさ」

三百年生きるなんて言われても実感なんてないし、どうせ普通に年をとるんじゃない？　っていまだに半分疑っている。

だから今は先のことより、今日から始まる新しい生活のことを考えよう。

それ以前に、問題は今よ、今。

「ディア」

「待って。このまま後ろに倒れたら膝がやられる」

「……ディア」

「その呆れた顔はやめて。痛い思いはしたくないでしょ」

「……少し、痛いかもしれない」

ふん、知っているわよ。

少しなんかじゃないのよ。

「途中で蹴飛ばしたらごめん」

「悪いけど、その足を抱えてでも続けるからな」

うえーん。カミルの目がマジだ。

さんざん待たせているんだから当たり前だけども。

「えーっと私はどうすればいいのかな。横になればいい？」

「そうだな。……ずいぶん短いんだな。足がほとんど見えてる」

「え？」

うわ、裾がめくれてる。

うひゃあ、撫でてる。

「すごい、すべすべだ」

感心して言われて思わず笑ってしまった。

私たちふたり揃って、ぜんぜん格好良くない。

でもそれでほっとした。

「手加減よろしく」

カミルの首に腕を回しながら言ったけど、カミルは私のほうをちらっと見ただけ。

「無理」

ええええ。そこはせめて善処するくらいは言おうよ。

母親になっていく友人たち

結婚してから二年が過ぎた。

世界には特に変化がなく、平和な日々が続いている。

変わったのは友人のほとんどが母親になったってことだけ。

スザンナとクリスお兄様の間には次男が生まれた。

長男のノエルは相変わらずコミュ力抜群で、可愛い笑顔を振りまいて大人たちをメロメロにしつつ弟を可愛がっている。

弟のほうも頭がいいみたいで、ノエルが精霊の育て方マニュアルを読んであげると楽しそうに聞いているそうだ。

アランお兄様とパティの間にも男の子が生まれた。

つまりルフタネン王家に続き、ベリサリオまで男ばっかり生まれているの。

で、うちは子供はまだ生まれていないので、ぜひ娘をと期待されている。

今までは仕事に夢中になっていたので、前世でやっていたように体温を測って安全日を確かめていたのよ。

婚約したころから準備して始めたのが、大規模商業施設と温泉ホテルという大きな事業だったから、商売が軌道に乗るまでは休みたくないじゃない。

本当はふたつ同時にやる気なんてなかったのよ？

カミルの側近の仕事が楽しくて、爵位と領地をもらってもほとんど放置しているってキースに聞いたから、じゃあその土地を貸してよ。私が活用するからって前からやりたかった大規模大型商業施設を建設することにしたの。

イースディル公爵家の領地にある帝国側の港や、栄えている大きな街から精霊車で一時間以上かかって、しかも山の上にあるキースの領地は、前の領主が無能だったせいでさびれて陸の孤島のようになっていた。

仕事がないために若い人は都会に行ってしまって、残っているのは中高年だけの限界集落になりそうな村がふたつあるだけっていう末期な状況だったの。

でもキースの代わりに管理してくれていたコンロン男爵はとてもまじめないい人で、娘のケイトも頑張り屋で優秀な女性だった。

領地なんて欲しくなかったとしても、側近の仕事が楽しくて忙しかったとしても、領主の仕事を放置するなんて貴族としてはありえない。

キースをガツンと叱って、土地を借りる契約を結んでさっそく建築に取り掛かった。

一番の問題は人材だったのよ。

貴族の御令嬢が友人と一緒に、安全にいろんな店に行けるように百貨店風な店を作るっていうのがコンセプトだったから。

私とケイトで貴族の屋敷で侍女をした経験のある女性を集めて、接客方法のレクチャーをしてもらって、実際にフェアリー商会やカミルの店で経験を積んでもらったおかげで、優秀な店員が揃ったし、ケイトもレクチャーを受けて経営の勉強もして、今では責任者のひとりとして活躍してくれている。

私の結婚式の一週間前にオープンして、オープン記念のグッズと結婚祝いの限定商品を販売すると発表したら、毎日予約がいっぱいの大盛況だ。

貴族の御令嬢はゆったりと買い物をするのが好きだから予約制にしているのよ。

一流レストランと同じで、なかなか予約の取れない店って特別感があって、それで余計人気になったみたい。

「ディア様、ホテルの予約が七か月先まで埋まってしまいました」

「うへ」

ホテルのほうは、最初はやる予定なんてなかったんだけど、私がキースの領地を見学しに行った時に、精霊王が山の頂上に温泉を作ってくれちゃったの。

お肌がつるつるになる温泉と聞いたら無視できないじゃない。

和風旅館じゃないのよ?

ルフタネンの人がゆっくりするにはルフタネン風が一番。

外国の人だってルフタネンに来ているんだから、この国ならではのホテルに泊まりたいでしょう?

だから広い敷地を活用して全室離れにして、広いウッドデッキにクッションや座椅子を置いてのんびりとくつろげるようにした。

ウッドデッキの端には露天風呂があって、衝立《ついたて》で目隠しすることも出来るし、堂々と庭を見ながらお風呂に入ることも出来る。

特に星を見ながらの温泉は格別よ。

意外なことに離れになっているってことが一番好評だった。

北島は島の中心が山ばかりの地形のために人が住める面積が小さくて、貴族でも町の中心の屋敷は庭が狭いのよ。だからテラスで過ごす文化が広まったのかもね。

彼らにとっては緑豊かな庭のある離れで、他人の目を気にしないでのんびりと過ごせるのは至福の時なんだって。

まだオープン前だった頃、意見を聞きたいのもあってベリサリオの両親をホテルに招待した時も、庭と露天風呂は大好評だったわ。

よく考えたら、庭のつくりや露天風呂って和風の要素だったわ。

ルフタネン風って賢王の影響を受けて出来た文化だから、和風と相性がいいんだな。

それと子供を作らなかったもうひとつの理由が、今まで行ったことのなかった国の精霊王に挨拶したかったからだ。

東の島々や南の国々にカミルは何度も行って貿易もしていて、精霊王とも知り合いだったけど私は会ったことがなかったから、結婚式のパレードの時には、初対面の精霊王がたくさんいてびっくりした。

来てくれた以上、お礼を言いに行かなくちゃいけないし、カミルが世話になっているのなら妻としては筋を通しておかなくちゃね。

だからこの二年間は怒涛《どとう》の如《ごと》くすぎていったのよ。

「ディア様、アラン様がおいでになっています」

そんなある日、突然アランお兄様が約束もないのにやってきた。

これはよっぽどのことだなと急いで向かったら、部屋にはすでにカミルも来ていた。

「どうしたんですか？」

「皇妃様の出産が重くて危険な状況なんだ。手を貸してほしい」

は？　どういうこと？

近衛の制服のまま転移してきたってことは、陛下からの正式な要請ってことよね？

「私は助産婦の知識なんてないですよ」

「精霊獣たちが魔法で守ってはくれているんだが、時間がかかりすぎているせいで魔力が足りなくなりそうなんだ。だが、誰の魔力でもいいってわけじゃないらしくて」

そうだった。

精霊獣は自分の主より弱い他人の魔力は使えないんだ。

「そういうことでしたら、魔力ならいくらでも」

「カミル、ディアを借りるぞ」

「おう。いちおう精霊王に力を借りられるか聞いてみるか？」

「今はまだ平気だ。あとでたのむことになるかもしれない」

そんなに大変なの？

どういう状況なのよ。

「男は部屋の中にはいれないし、皇妃様の状態を広めるわけにはいかなくて聞いていない。ともかくたのむ」

行くわよ。

モニカのピンチに駆け付けないわけがないでしょう。

「念のためにミミとネリーを」

「それは無理だ」

カミルの言葉を最後まで聞かずに、アランお兄様が食い気味に言った。

「皇妃様がいる部屋のすぐ横まで転移するので、ディア以外は連れて行けない。心配しなくても妹の身はしっかりと守る。ここまで送り届けるから信じてくれ」

「妖精姫の力を借りたということは、秘密にしたいのか。……まあそうだろうな」

「そこには最低限の人間しかいない。内密にたのむ」

そして場合によってはルフタネンに借りを作るってことだ。

私に借りを作るってことはイースディル公爵に借りを作るってことにもなる。

「そのほうがいいだろうな。妖精姫がいなくなって面白い話題が減って、帝国貴族は最近退屈しているらしいじゃないか」

なんだそれは。

私は娯楽提供者じゃないわよ。

「おまえもしっかり情報を集めているんだな。だがそういう話はまた今度だ」

「ディア、何かあったら、皇宮を壊して帰ってくるんだぞ。話題が出来て喜ばれるかもしれない」

「んなわけないでしょ」

二十歳にもなって、暴れていられないわよ。

もう私はれっきとしたイースディル公爵夫人なのよ。

「行きましょう」

「よし」

「ここから直接転移していいぞ」

「助かる」

カミルの許可が出たので、すぐにアランお兄様が腕を掴んできた。

せめて転移するぞくらいは言ってよ。すぐに転移したようで急に風景が切り替わった。

豪華な室内も窓から見える風景も、今まで見たことのない部屋だ。

「こっちだ」

腕を掴んだままアランお兄様が歩き出したので、連行されるみたいに私も急いで歩きだした。

ルフタネンでは平静を装っていたけど、今はアランお兄様の態度に焦りが見える。思っている以上にモニカの状況は悪いみたいだ。

精霊獣が回復魔法をかけても危険っていうことよね。

「連れてきました」

「おお！」

「ディア！」

部屋の向こうも廊下じゃなくて部屋だった。

病院だったら待合室の役割の部屋なんだろうけど、待っている人数の多さにびっくりよ。

侍女の制服の上に白衣を着た女性が、タオルをたくさん抱えて扉の中に消えていくのが見えた。

あそこにモニカがいるんだとしたら、扉一枚隔てた場所にこんなに大勢の人がいる中で出産しなくちゃいけないの？

ざっと見た感じ、陛下とエルっち、それぞれの側近や侍従に侍女。

モニカの侍女もいるわね。

出産が終わった後のために待機している人もいるのか。

パウエル公爵は陛下にとっては父親代わりのような恩人だから、まあここにいるのも頷ける。

つまりこれが最低限に絞られた人たちなんだ。

たぶん別室には子供が生まれたらすぐに、主だった貴族たちに知らせるための人が待機しているんだろう。

皇宮で待っている貴族もいるのかもしれない。

次期皇帝になる人間が誕生するってこういうことなんだ。

「よく来てくれた！」

陛下が、アランお兄様の声にはっと振り返りながら立ち上がり駆け寄ってきた。

待って。

これって、まさかモニカは危篤《きとく》なの⁉

「モニカ……いえ、皇妃様は大丈夫なんですか？」

「詳しくはわからん。ディアなら中にはいっても平気だ。モニカに力を貸してくれ」

そんな救いの神を見つけたみたいな顔をしないでよ。

私だってモニカを助けたいけど、医学的な知識は全くないわよ。

「妖精姫様！　どうぞこちらに！」

でもここまで来た以上やれることはやるわよ。

モニカたちは結婚して今年で三年。

つまり二年間も子供が出来なかったの。

忙しいからまだ子供はいらないんだって公言している私の二年と、跡継ぎを望まれている皇妃の二年では意味が違う。

ようやくできた子供なんだから、無事に生まれてくれないと困るのよ。

バタバタと駆け足で部屋を横切り扉の中に飛び込んだ。

「妖精姫様！」

「おおお、助かります」

診察がしやすいようにベッドがシングルくらいの大きさしかなくて、医師も看護師も、そして侍女までが白衣を着ているのが病院っぽい雰囲気を醸し出している。

反対に言うと、それ以外病院の要素が全くない。

豪華な室内はこのまま客室に使えそうな内装だ。

「魔力なら好きに使って。あなたたちも手伝って」

『まかせろ』

精霊獣たちに指示を出しながら、部屋の奥に置かれた天蓋付きのベッドに駆け寄る。

カーテンを掴んだまま、一瞬開けるのをためらった。

もしかしてモニカが危篤でも、血の海になっていても、取り乱しちゃ駄目よ。こういう時こそ冷静でいなくては。

覚悟を決めてカーテンを勢い良く開けたら、

「……ディア」

汗でびっしょりで疲れた顔はしているけど、モニカはどうにか微笑んで出迎えてくれた。

壁に取り付けられたバーを掴んで力む形なのは、前世と同じなのね。

御開帳《ごかいちょう》ポーズなのも仕方ない。出産中なんだから。

ちゃんと毛布を上にかけられているし、シーツが血だらけになっているということもない。

きつく眉を寄せ、ときおり歯を噛みしめて痛みに耐えているけど、それも出産なら普通のことよね？

あれ？　本当に魔力が足りなかっただけ？

『魔力もらっていい？』

『モニカ痛いの』

『魔法使っていい？』

『お願い』

出来るだけ魔力を温存しようとしていたのか、モニカの枕もとで精霊形になっていた精霊たちがいっせいに話し始めた。

「いいわよ。じゃんじゃん使っちゃって。……って、いっせいに使ったら眩しいでしょ」

まあいいわよ。精霊たちまで元気がないと心配だから。

精霊獣になるのもいいとして、

「無駄に魔法を使わないの！　そこ、遊ばない！　それで、これはいったいどういう状況なんですか⁉」

陛下もアランお兄様もあせっていたから、もしかして逆子？　首にへその緒が巻き付いた？　なんて深刻な状況を想像しちゃっていたわよ。

「お子様が普通より大きいのです」

「……は？」

「予定日より遅れたのと、もともと大きなお子様だったのとで、難産になってしまっています。なかなか出てきてくれないのです」

「あ、そういう……」

皇族は生まれる時も大きいのか。

小さく生んで大きく育てようよ……って、調整できないもんね。

「それでどうすればいいんです？」

「出てきてくれるのを待つしか……以前なら命の危険もありましたが、今は魔法で回復出来ます。しかしそのために苦痛がずっと続きます」

それは新手の拷問《ごうもん》か何かなの？

でもこれはどうすればいいのよ。

「このまま状況が変わらない場合は、お腹を切開して取り出すしかありません」

「え？　精霊獣が回復魔法を使うようになったから、外科手術なんて滅多にしないんでしょ？」

「……はい。私も経験がありません」

なんですって⁉

じゃあ誰が手術するのよ。

「あの……精霊王様に……いえ、すみません。人間には干渉してはいけないんですよね」

「あの……精霊王に助けていただくなんて出来たりは……」

このおっさん先生、私が来たらもしかしてあわよくばと期待していたな。

「……精霊王って赤ん坊を無事に産ませる魔法を知っているの？」

「さ、さあ」

赤ん坊をお腹の中から外に転移させたりできるのかな。

いやいや、そこまで精霊王にたのんでいいもの？

モニカのお腹に手を当てながら聞いてから、そんなわかりきったことを聞くなんてって後悔した。

「痛みはひどいの？」

「だい……じょうぶ……うっ……」

うわーーん！　つらそうだーーー。

見ているとこっちまでお腹が痛くなってきそう。

「ちょっとそこの子供」

お腹に当てている手に魔力を込めて念じてみた。

生まれたばかりの子供は前世の記憶やお腹の中の記憶があるって聞いたことがある。だから多少は言葉を理解できるかもしれないでしょ？

言葉が駄目でも、気持ちは伝わるわよ。つか、伝われ。

「あなた、お母様が大好きでしょ？　だったらさっさと出てきなさい！」

私が急にお腹に向かって話し始めたので、何やってるんだって顔で注目されたけど、じっとしていられないのよ。

「不思議。ディアがお腹を触ってくれたら、痛みが減ったわ」

おお、じゃあ気持ちは伝わってるんじゃない？

「生まれてからだって母親にはさんざん世話をかけたり心配させたりするのよ？　生まれる前から世話かけるんじゃないわよ。お腹の中は居心地よくて安心かもしれないけど、そろそろこっちに出てきなさい。こっちの世界にだって楽しいことはたくさんあるわよ」

魔力が少しずつ減っていくのを感じるってことは、モニカの体力が限界になって、精霊獣たちが回復しているってことよね。

それなのにこんなことしかできない自分が情けない。

「さっさと出てこないと力技で引っ張り出すわよ。いい加減に出てきなさい！」

「ディアったら」

モニカがかすかに笑ったけどかまうものか。

私の大事な友達を苦しめるんじゃないわよ。

『まったく何歳になっても変わらないわねえ』

「琥珀？」

「え？」

医師たちがきょろきょろしているってことは、私にしか声が聞こえないのね。

『人間には干渉しないってルールなんだから黙ってて』

「私がお願いしたことにして。いえ、お願いします」

『何もしないわよ。私もあなたと同じように生まれてくれるように促すだけよ』

精霊王に説得されないと生まれてくる気になれないような引き篭もりが、もしかしたら次期皇太子になるかもしれないんでしょ？

大丈夫なのか帝国。

「出た！」

突然医師が叫んだ。

「頭が出ました。頑張って力んでください。頭さえ出ればあとはすぐですよ」

これから自分も体験するシーンだから余計に、見ていられなくて壁のほうを向いた。

そして三分くらい？

五分まではかからなかったと思う。

元気な赤ん坊の泣き声が聞こえてきた。

「モニカは？　無事？」

「ありがと。大丈夫」

ぐったりはしているけど、やっと子供が生まれた喜びに微笑んでいるモニカを見て、はあっと大きく息を吐きだした。よかった。

赤ん坊に浄化魔法をかけたり、モニカの世話をしたり、医師も看護師も大忙しなので、邪魔にならないように部屋を出る。

泣き声は聞こえていたようで、待っていた陛下たちは期待に満ちた顔で私を注目してきた。

「無事に生まれました」

「おおおおお」

「よかった」

「これはめでたい」

「それで？　男か？　女か？」

「さて？」

陛下が駆け寄ってきて尋ねてきて、そういえば確認しなかったなと気付いた。

「……普通はそこを真っ先に確認しないか？」

「皇妃様が無事で、生まれてきた子も元気だということが一番大切です」

モニカも子供も無事でよかった。

今はもうそれだけしか考えられないし、けっこう疲れた。

「あれ？　なんでこんなに疲れてるんだろう」

「どうした？」

あ！　モニカのお腹にけっこう魔力を送っちゃった？

精霊獣たちも魔力を使ってはいたけど、あれくらいじゃ疲れないでしょ。

「もしかして、陛下のお子さん、魔力量が多いかもしれません」

「そうか。それはいい知らせだ」

誤解しないでね？　私が魔力を送っちゃったから魔力量が増えるんじゃないのよ。

魔力量の多い素質のある子だったから、たくさん魔力を吸い取ったのよ。

大丈夫かな……大丈夫よね。

私の魔力は強くて上質なんだから、きっと陛下の子供も……大丈夫かな？

『落ち着きなさい。大丈夫よ。早く精霊を見つけて、強い精霊獣に育つだけよ』

どこからか聞こえてきた琥珀の言葉にほっとした。

本当に、いい加減、行き当たりばったりで動くのはやめよう。

結果よければすべて良しと言っていられなくなってきた。

「呼びつけて悪かった。助かった」

「それはまったく気にしていません。皇妃様が無事でよかったです。かなり体力を失っておられますので、いたわって差し上げてくださいね」

「もちろんだ」

「陛下！」

部屋の扉が開いて、少しだけ疲れの残る顔で医師が出てきた。

「皇子様です！　非常に大きく元気な皇子様です！」

「そうか！　皇子か！」

「どうぞ中へ」

バタバタと陛下が部屋に駆け込んでいった。

「よく来てくれた。ご苦労様」

さすがにお父様やパウエル公爵は、中にまではいけないんだね。

って、お父様もいたの!?

「私はお世継ぎの誕生を皆に知らせてきます」

「パウエル公爵、働きすぎじゃありませんか？」

そういうのは若い人にやらせればいいんじゃないかな。

「嬉しい知らせですから、伝える役をやりたいじゃないですか」

そういうパウエル公爵は本当に嬉しそうだった。

子供の頃から陛下を見守ってきた人だから、無事に皇帝になって結婚して、こうして跡継ぎの皇子が生まれたことが嬉しいんだろう。

「ディアが魔法か何かで生まれるようにしてくれたのかい？」

みんなが忙しそうに動き回っている中、私とお父様とアランお兄様だけが立ち話しているって不思議な光景ではあるわね。邪魔しないようにみんなが動いてくれている。

でもさ、ここは皇族の居住区でしょ？

そこにベリサリオが、しかも一人はルフタネンに嫁いだ私がいるのよ？

それなのに放置よ？

警備がざるでしょう。

あ、アランお兄様は近衛騎士だった。

「いいえ。内緒ですよ？　琥珀が助けてくれました。病気じゃなくて大きい赤ん坊だから難産だったたけですし」

「そうか、琥珀様が。だがそれは発表できないな」

「難産だったけど無事に生まれたでいいじゃないですか。私が来ているのも、ここにいる人しか知らないんですよね？」

「そうだね」

「じゃあもう帰ります」

「えー、せっかく会えたんだ。ゆっくりしていけばいいじゃないか」

「父上。急に連れてきたのでカミルが心配しています」

「そうですよ。改めてまたベリサリオに遊びに行きますよ」

「約束だよ。……ところで、そろそろディアも子供を考えてはどうだい？　いや、カミルとディアが決めればいいんだが」

私が忙しいのは知っていたので、今までお父様からそういう話が出たことはなかった。

でも友人たちがどんどん親になっていくから、さすがに心配になってきたのかもね。

「はいはい。確かにそろそろとは考えていますよ」

「おお、そうか。孫が男ばかりでね」

そっちかい！

祖母も叔母さまも婿を取るくらいベリサリオには男が少なかったのに、今度は女子が少なくなっちゃったんだ。

誰の遺伝子のおかげかな。

てことは、私の子も男ばかりになるかもしれないわね。


アランお兄様は約束通りに私を転移魔法でカミルの待つ屋敷に送り届けてくれて、カミルに挨拶してすぐに帰っていった。大変だよなあ。

私のほうはもう急ぐ用事は何もないので、カミルにどんなことが起こったのかざっくりと説明したら、

「毎回なにかしらやらかしてくるな」

って言われてしまった。

毎回じゃないし。

たまに、ごくたまに、派手にやらかしちゃうだけだし。

「でもよかったじゃないか。なかなか子供が出来なかったせいで、皇妃様はいろいろ言われていたんだろう？　これで一気に立場が強くなるぞ」

皇帝の妻であり次期皇帝の母になるモニカに対抗出来る人間はもういない。

今まではもしかして子供が出来ない体質なのでは？　と疑い、他の女性を陛下に奨める貴族もいたようだけど、これで一気に形勢逆転だ。

「ともかく無事に生まれてくれてよかったわ。そろそろ私たちも子供がいてもいいかもしれないわね」

「お、ようやくその気になったか」

嬉しそうな明るい声が返ってきて少し驚いた。

カミルは前から子供が欲しかったの？

「いや、そんなすぐにどうこうとは思っていなかったよ。ただ周りが親になっていくのを見るとさ、うちもそろそろとは思うだろう？」

「だったらそう言えばいいのに」

「生むのはディアだからさ。きみのタイミングに合わせるほうがいいじゃないか。仕事だ。外遊だって忙しかったから、特に焦らせるやつもいなかったしな」

「公爵家にも跡継ぎは必要だけど、王族と違って貴族たちが騒ぐことはないもんね」

「そうそう。早めに王位継承権を放棄しておいてよかった。じゃあディア、さっそく今夜から……」

「みんながいるのにやめなさい」

服の中に手を入れようとしないでよ。

夕食もこれからなのよ。

「そうだった。あっちの家に行かないとな」

結婚当初は精霊獣だけ草原に行ってもらっていたじゃない？

でも、ほら、疲れちゃうと寝ちゃって、気付くと朝だったたってことが何回もあって、

『ちゃんと呼び戻してくれないなら、ずっと傍にいる！』

って、精霊獣たちに怒られちゃったの。

それで今では草原にふたりで暮らすには充分な広さの屋敷を用意してもらったのよ。精霊王に。

あそこは私たちだけの空間だから、行かない時間が長いと維持をする人も必要らしくて、帝国やルフタネンの精霊王が人型の精霊を空間の維持のために寄越してくれて、少し離れた場所に彼ら用の住居も出来ている。

精霊獣たちが寝る時は草原よりふかふかの布団がいいって言うから、彼らの寝る部屋や遊べる部屋も用意したのよ。

ジンのためにキャットウォークを用意したら、竜たちのほうが気に入って使っていたり、ガイアはテラスにいるのが好きだったり、個性がいろいろでおもしろい。

急用があった時に私たちに連絡がつくように、電話のような魔道具を用意してもらったりと精霊王には世話になりっぱなしなんだけど、もとはといえば彼らが祝福しすぎたのがいけないんだから、このくらいは当然よ。

でも、そんなにうまくいくことばかりではなくて、それから一年以上、私たちの間に子供は出来なかった。

寿命が長い生物は、なかなか子供が生まれないって聞いたことがある気がする。

だったら最初から避妊なんてしなければよかったなと後悔し始めた頃にようやく子供を授かり、生まれてきたのはみんなが望んでいた通りに女の子だった。

「世界中から求婚されるかもしれないな」

両親もお兄様たちも娘を可愛がってくれるのはありがたい。

でも甘やかされて、我儘な子になっては困るのよ。

私はびしっと厳しく育てるんだから。

子供たちの関係

時は流れ、陛下の子供が生まれてから十年という月日が経ち、私は前世の年齢を超えていた。

大きな出来事といえば、リルバーン連合国がふたつの国に分裂したことくらいかな。

あそこはいまだに精霊王との関係が修復されないままだ。

でも国民たちが精霊はちゃんと育てているらしいので、このまま平和が続けば近いうちに精霊王の許しが出るかもしれない。

らしいっていうのは、いまだにあの国には行ったことがないのよ。いい加減、彼らも諦めて誘ってこなくなったので、互いに距離を置いて関わらないようにしているってところね。

ルフタネンとリルバーンの貿易は普通に行われているし、カミルはあちらの外相と面会したこともある。

でも私の名前はどちらも出さないという暗黙の了解が出来上がっているの。

他の変化は……各国の力関係が変化した。

私が結婚した頃は帝国一強で、各国の首脳陣が集まる公式行事も帝国で行われることがほとんどで、学園には世界中から留学生が集まっていたじゃない？

でも今は、ベジャイアもシュタルクも国力をつけて、帝国に頼らなくてもやっていけるようになった。

それになんといっても、ルフタネンの国力が大幅にアップした。

場所がいいのよね、ルフタネンは。

大陸と南の国々や東の列島諸国との中間地点にあるもんだから、世界中の物資がルフタネンを経由していくでしょ？

貿易が盛んになればなるほど、ルフタネンの存在が大きくなっていったの。

私も貢献したわよ。

マリーナを造ったの。

この世界の船は人や物を運搬する手段にしか使われていなかった。

以前は海にも魔獣がいたから航海には危険がつきものだったので、海に船で繰り出して遊ぶなんて考えられなかったのよ。

でも島の周辺の魔力量があがったおかげで、魔獣が沿岸には近づかなくなったんだって。

魔力が大きい場所って、彼らにとっては強い魔獣がいるってことだから、身の安全を考えて生息地域を変えたみたいだ。

「ディアが強い魔獣だと思われているのかもしれないな」

ってカミルは言うけどさ、精霊獣がこれだけ増えたら魔獣だって近寄らないわよ。

個人でも持てる小型の精霊車の船版を製造して、まずはイースディル商会が知人を招待して、海上で美味しい物を食べたりお酒を飲んだりしてもらって、こういう楽しみ方もあるんだよって提案したらすぐに船を買いたいって注文が殺到した。

精霊車と同じで動力は精霊獣の魔法だから、水に強くて浮く箱を作ればいいだけ。空間魔法を使って中を広くしても、お値段は精霊車と変わらない。

だったら貴族は見栄のためにも一隻は買うじゃない。

貴族たちの間で、海上から港の夜景を眺めつつ食事を楽しむっていうデートコースが定番になったのよ。

北島には、前世のリゾート地、例えばモルディブとかにあったような海上にせり出したコテージのあるホテルも造った。

テラスから直接海にダイブできるし、水平線を眺めながらのんびりするのも素敵でしょ？

私ってばふたつもホテルを経営する実業家よ。

マリーナもホテルもあっという間に全部の島に造られて、ルフタネンは観光大国にもなったのだ。

ああ、そうそう。もちろん精霊との共存にも活躍したわよ。

もともと賢王のおかげで精霊の国と呼ばれていたルフタネンだもん。そこに妖精姫がやってきたなら名実共に精霊と人間の共存の中心地よ。

機会があればすぐに魔力量の増やし方を伝授し、精霊を精霊獣にする方法を伝授して回っているうちに、ルフタネン各島の魔力量があがりベリサリオ以上になったうえに、何かといろんな国の精霊王が遊びに来ているのが目撃されて、あの国は敵に回してはいけないって空気がいつの間にか世界中に浸透していた。

だからって無茶なことをルフタネン側が言ったりしたりはしていないわよ。

「そんなことをしたら、精霊王と一緒に実家に帰らせてもらいます！」

って、国王陛下や高位貴族たちのいる前で宣言したからね。

これだけ貢献しているんだから、そのくらい強く出ても文句は言われない。

むしろイースディル公爵家はそっとしておけば国のために動いてくれるんだから、下手なことをして怒らせるなという空気で、どこでもそれは丁寧に扱ってくれるわ。

シュタルクもベジャイアも、いまだに私への恩を忘れないでくれているみたいで、積極的にルフタネンといい関係を築いてくれているので、大陸に最も近い北島は経済的にも政治的にも重要な場所になっている。

それに帝国だって、決して弱くなったわけではないの。

ベジャイアの宰相の娘さんとエルっち……もう子供もいる男性にこの呼び方は駄目ね。エルドレッド王弟殿下が結婚したり、カーラがシュタルク王妃になったり、ベジャイアやシュタルクともいい関係を築いているわよ。

帝国の影響力は以前よりちょっと減っただけ。

ルフタネンの影響力が大幅に増えたせいで、以前よりは影が薄くなったって感じかな。

私はそれでいいと思ってる。

ひとつの国だけが力を持っているなんて、あまりいい状況ではないわよ。

「さすがにこれ以上は商売を広げないでおこう。当分は現状維持の方向で」

「そうね。私もそのほうがいいと思う」

だからこれ以上はルフタネンの力が強くなっては駄目だ。

もう充分すぎるくらい国が豊かになったのだから、ここらで少しはのんびりしようかな。

忙しすぎて、この十年はあっという間に過ぎてしまった。

しばらくはスローライフを楽しむのもいいかもしれない。

でも、二十代ってこんなに早く時が過ぎたっけ？

「そろそろお出かけになるお時間ですよ」

ネリーに言われて時計を見て、出かける面倒くささにため息をついてしまった。

今日は帝国の第一皇子十歳の誕生日会があるのよ。

学園に通う年齢になったので、正式に皇太子の地位がエルドレッド王弟殿下から第一皇子に変更されて、エルドレッド殿下は帝国四番目の公爵になることになっている。

誕生日と立太子と各国首脳陣の会議が同時開催されることになって、それで私も子供たちを連れて帝国に里帰りしなくてはいけないの。

ベリサリオにはしょっちゅう帰っているし、精霊の森の屋敷にも頻繁に出没はしているんだけど、何が面倒って、うちの長女を第一皇子の嫁にしようとする帝国の貴族どもがうるさいってことよ。

そこに陛下やモニカ、ブレインの面々が含まれているっていうのが本当に面倒だ。

私がいろいろやりすぎたのも原因だけど、公爵夫人になったんだからルフタネンに貢献するのは当然よね？

帝国の第一皇子はね、体格もいいし魔力も多くて、皇族で初めて全属性の精霊獣を育てているうえに、剣の腕も一流なんですって。それで帝国はこれで当分安泰だって言われている。

帝国皇帝に剣の腕や魔力量が必要かどうかは疑わしいけど、それで国民が喜んでいるのならまあいいんでしょう。

でもいくら優秀な皇子だって言っても、普通の子供なのよ。

ベリサリオと陛下が異常だっただけで、普通が一番だと私は思うんだけど、皇族は普通ではいられない立場ではあるわけだ。

思い出すのは第一皇子の五歳の誕生日よ。

今回のように世界中から客を招待するような大掛かりなものではなかったけど、私とカミルも当時三歳だった娘を連れて参加することになったの。

ベリサリオの親戚だし、皇妃とは古い付き合いだから会えるのは嬉しいし、帝国の高位貴族とは良好な関係を続けていきたい。ここは彼らの顔を立てようってことにしたのよ。

お茶会風の誕生日会は、庭で子供が遊べるように考えられていて、穏やかな春の日差しの中、気持ちいい午後のひとときを過ごしていたんだけど、ここでちょっとした事件が起こった。

体格がいいので三歳くらい実年齢より上に見えるとはいえ、第一皇子は五歳。

前世だったら幼稚園に通っている年齢よね。

その子が、たったたったと私の許に走って来て、

「妖精姫ですか？　はじめまして。僕の魔力量が多いのは妖精姫のおかげだって聞きました。ありがとうございます！」

って笑顔で言ったの。

第一皇子が生まれる時に、私が手助けしたのはごく一部の人間しか知らないから、そんな話をされたら変な誤解を生みかねない。

それとも帝国では話が広まっていて、誰もが知っている話なの？

どっちかわからないから返事が遅れたせいで、一瞬、場が静まり返ったわ。

「ディアは何もしていないぞ」

だからカミルが代わりに話し始めてくれてほっとした。

「え？　でも……」

「琥珀様のおかげだって話を俺は聞いている」

嘘ではないし、こういう時は精霊王のせいにするのが確かに無難だ。

「ああ、その話？　いったいなんの話かと思って悩んでしまいましたわ。殿下がお生まれになる時に琥珀様がちらっと顔を出したという話は私も聞き及んでおります」

「そう……なんですか」

なんでそこで残念そうな顔をするの？

「あの、妖精姫はとても強いんですよね」

真剣な顔で、また変なことを言い出したわね。

「それで父上や母上を助けて、外国にまで行って悪いやつをやっつけたんですよね？」

瞳をキラキラさせて見上げてくる相手を間違えていない？

「僕に魔法を教えてくれませんか？」

私は剣豪でも勇者でもないわよ。

この子の周りの大人たちは、どんな風に私のことを話しているのさ。

「お母様！」

その時、すぐ近くでベリサリオの従兄弟たちと話していた娘のアンジェラが、勢いよく抱き着いてきた。

ベリサリオはまたしても三兄妹で、末っ子の女の子がアンジェラと同い年なのよ。

上のふたりの兄貴は妹と従妹をそれは大事にしていて、まるで私たちの幼少期を見ているみたいなの。

「お母様は私のお母様なの！」

どうやら第一皇子に私をとられると思ったみたいだ。

まあ実際、帝国の皇子に魔法を教えることになんてなったら、ただでさえ忙しいのにもっと娘との時間が減ってしまうのは確かね。

「お母様？」

第一皇子のほうは、私に子供がいるって知らなかったみたい。

たぶん周りは話していたのに、強いっていう男の子が飛びつくワードに夢中で、他は聞き流していたんだろう。

「殿下、叔母さまはルフタネンの公爵夫人なので、殿下の講師にはなれませんよ」

「いったい誰が殿下にそんな話を吹き込んだんですか？」

ベリサリオの子供たちは、クリスお兄様のようにとんがった天才ではないけど、ずば抜けて優秀なのはたぶんもう遺伝だね。

私としては、ベリサリオにも私の子供にも転生者がいないようで、そこが一番ほっとしている。

「妖精姫は……この子の母上なの？」

何事かと周りに人が集まってきて、かわいそうに第一皇子は注目を浴びてパニックだ。

「いーーーーー！　お母さまはあげないから！」

そこにアンジェラが思いっきり顔をしかめて叫んだ。

それがまた可愛くて、カミルもその場にいたクリスお兄様もアンジェラの従兄たちもきゅーんとした顔をしていたけど、第一皇子は今まで女の子にそんな顔をされたことがなかったので、驚いて踵を返して走り出し、慌ててこちらに向かっていたモニカにとびついた。

「いったいどうしたの？」

「魔力量が多いのは妖精姫のおかげじゃなかったんです。それに妖精姫はあの子の母上だったんです」

「……そうね？」

意味がわからないという顔でモニカが首をひねっていると、騒ぎを聞きつけて皇帝陛下までやってきた。

第一皇子はがっくりと肩を落として俯いているし、アンジェラはカミルに抱っこされながら第一皇子を睨みつけている。

今日は第一皇子とアンジェラを友人にさせるっていうのが帝国側の狙いだったはずなのに、アンジェラに嫌われてしまったようだというのは、誰の目にも明らかだ。

傍にいたクリスお兄様と息子たちの説明を聞いて、陛下はすぐに指示を出しに行き、モニカはため息をついてから息子を慰め始めた。

第一皇子に余計なことを吹き込んだ人たちは、クビになるのかもしれないね。

私としては笑って済ませばいい話だと思うんだけど、ちらっとお兄様たちから聞いた情報によると、モニカ様には皇子と皇女がそれぞれふたりいて、下のふたりは男女の双子でね、もうそれぞれの皇子の周辺の人間たちが何かと張り合っているんですって。

なんでこう権力やお金が絡むと人間って愚かになるのかしらね。

それにいくら私の娘と結婚させたいって言っても、どんな子に育つかわからないのにまだ早すぎるでしょう。


五歳の男の子と三歳の女の子で友人も何もないいっつーの。

何か月か会わないうちに存在を忘れてしまうわよ。

招待されているのが侯爵家より上の身分の貴族だけでよかった。

事情を知らない人間がいたら、すぐに面白おかしく話を広げられてしまうところだったわよ。

帝国は精霊王との関係も良好だし、国力も充実し、大きな事件もない。

いったい何を焦っているんだか。


それからは、アンジェラが第一皇子と会う機会は今日までなかった。

避けていたわけではないのよ？　まずはルフタネン内にお友達を作るのが先でしょ？

私が六歳まではベリサリオ内で好きにさせてくれた両親は、孫にも同じ考えを貫いてくれている。

私だって、子供をルフタネン流におおらかに育てたい。

これぱっかりは誰になんて言われても譲らないわよ。

「準備は出来たかい？　そろそろ行こう」

「お母様、このドレスはやめろってテオが言うんです。おかしくないですよね」

「おかしいなんて言ってないだろ。むしろ目立って周りがうるさそうだからやめておけって言ったんだよ」

カミルが子供たちを連れて私を迎えにやってきた。

イースディル公爵家は毎日が賑やかよ。

アンジェラはもう八歳。

私が反面教師になっているらしくて、勉強熱心なしっかり者に育っている。

子供の頃にバタバタと廊下を走るアンジェラに注意したら、

「お母様も走っている時があります」

なんて言い返してくる気の強さもあったのよね。

「どうしても走らなくてはいけない時は仕方ないけど、今はその時ではないでしょう？　あなたが転んでドレスを破ったら？　怪我をしたら？　怒られるのは侍女たちよ」

「……はい」

「だから転ばないような走り方を身につけなさい。体幹を鍛えるの。バタバタと音を立てるのも駄目。すたすたと音をたてずに走らないと。ミミかリュイに教えてもらいましょう」

「はい！」

素直に頷いていた頃が懐かしいわ。

「奥様、走り方を教えないでください」

「どうして鍛えるって話になるんですか」

侍女たちが私に苦情を言うのを見ていたせいかな。

今なんてもう、

「お母様、ネリーが心配していましたよ。ちゃんとご飯は食べてください。廊下は走っては駄目です！」

って私を怒るのよ。

「お父様にあまり苦労を掛けないでくださいね」

なんて言われたこともあったわ。

カミルが大好きなのは結構なことだけど、私が苦労を掛けているなんて誤解はどうにかしないと。

アンジェラはカミルによく似ている。

西洋人と東洋人の混血《ハーフ》って、鼻や頬骨の高さが控えめなせいか、純粋な西洋人より柔らかい顔立ちになるじゃない？

この世界では魔力が少ないほうの髪色が子供に遺伝するから、艶やかな黒髪で瞳の色は黒に濃い紫が混じっている。

幼少期にカミルを女の子だと間違えたことがあるじゃない？

アンジェラはあの頃のカミルをもう少し優しい甘い顔立ちにした感じなの。

当然もう全属性の精霊獣を育てているし、帝国とルフタネンの精霊王たちは親戚のおばさんおじさんみたいな感覚で接している。

将来、世界中から縁組が舞い込むのは間違いないわ。

そして二歳年下の弟のほうは、国王夫妻やベリサリオの人たちに男版ディアドラと言われている。六歳にして難しい本を山ほど抱えて読み漁っているだけなら、ベリサリオの血を引く天才なんだなで済むところなんだけど、興味を持つと夢中になって次から次へと質問して、こんなことも出来るの？　こんなものが作れるかもって専門家に食いついていく。

カミルやサロモン、キースがいろんなことを教えるせいで、政治経済まで幅広くいろんなことをどんどん吸収して、母親から見てもやばい子供よ。

でもそれだけなら男版ディアドラとは言われない。

黒髪はアンジェラと同じだけど、なぜか瞳は紫味を帯びたグレーで、顔は私によく似た、つまりクリスお兄様タイプの整った顔で、目つきの悪さはカミル譲りという美形だけど怖がられそうなタイプだ。

そんな美形なくせに倒れるまで魔力を使い切り、驚くスピードで精霊獣を育て、フライに乗って城に住んでいる使用人や騎士の子供たちと追いかけっこをしたり宙返りをしたり、泥だらけになって帰ってくる野生児でもあるのよ。

「子供の頃のディアのようだな」

ってお父様が懐かしそうに話すんだから、性格が私によく似ているんでしょうね。

「クリスとアランを足して二で割って、そこにディアの性格と俺の行動力を足して」

「やめて。そんな人間がいてたまるもんですか」

私がやってきたことって、女だから大問題にならなかっただけよ。

男の場合、国を滅ぼされるんじゃないか。あるいは乗っ取られるんじゃないかって警戒されたと思う。皇族とうまく付き合えたのも女だったからよ。

「王太子はもう成人しているんだ。テオが権力争いに巻き込まれる危険はないだろう。それにあいつにその気はないさ」

「ないわね。今は魔法に夢中よ。それより精霊王たちが面白がって変なことを教えないように気をつけないと」

「祝福禁止は守っているんだよな」

「たぶん……って、テオ！　テオドール!!　屋敷内で精霊獣の背の上に立つのはやめなさい！」

「外に行け、外に」

「はーーーーい」

返事はしても降りないで、精霊獣の背に立ったまま私たちの横を駆け抜けて行った時もあったわ。

男の子って本当に乱暴よね。

アンジェラはあんなことをしなかったわよ。

テオが帝国に行くのは今回が初めてなので、だいぶ心配ではある。

お父様やお兄様たちから話は聞いているだろうから、驚かれたりはしないと思いたい。

ルフタネンの国王陛下や王子たちは面白がってくれているからいいけど、私とカミルの息子って娘とは違う意味で注目の的のはず。

「ベリサリオに寄るんだろう？」

カミルもすっかり大人の男性になって、落ち着きと貫禄が出てきた。

寂しい子供時代を経験した彼としては、ふたりの子供がのびのびと育てられる環境をなにより大事にしたいと考えていて、だからその分、私が厳しめに教育をしなくてはと頑張ってきたはずなのに、

「お母様、リボンが曲がっていますよ。髪をセットしたら、あまり触っちゃ駄目ですよ」

「姉上、いい加減に諦めたほうがいいよ。がさつなのは今更直らないよ」

なんか思っていたのと違う。

そういえば重大なことを忘れていた。

去年お父様はクリスお兄様に爵位をお譲りになった。

でも引退じゃなくてね、ブレインに逆戻りよ。

ルフタネンの国力があがり経済的にも注目を浴びているので、クリスお兄様は辺境伯としてベリサリオに戻り、しばらくは政治から離れて産業の発展のために動くことになったの。

皇帝としても、ベリサリオの経済力は帝国には必要なので止められず、代わりにお父様を召喚したってことね。

パウエル公爵もそろそろ引退して孫に公爵の仕事を引き継ぎたいと言っているので、お父様も断れなかったんだと思う。

子供が育つということは、大人が年をとるということだ。

お世話になった人たちが年老いていくということでもある。

それにしても帝国は神経質になっているわね。

どうあってもベリサリオ辺境伯家の誰かを皇宮にとどめて、皇族と親しいということをアピールしたいみたい。

「ディアの責任もあるんだよ？　活躍しすぎてルフタネンが力を持ちすぎたんだよ」

ってクリスお兄様は言うけど、ルフタネンの他の島にマリーナを造ったのは私じゃないわよ？

平地の少ないルフタネンに住む国民たちが、庭がないなら海上でお茶会をすればいいんじゃないかって気付いちゃっただけよ。

それが観光客にも受けちゃっただけ。

「それだけの話をしているんじゃない」

「精霊王が遊びに来るのは、私のせいじゃないと思います」

マリーナ建設は私よりカミルが主導で行って、ずっとテオがついて回って計画に携わっていたって話は、帝国には言えないな。

余計に警戒されてしまう。

それにうちのせいだけじゃないもんね。

クリスお兄様の子供たちだって優秀で、長男は人たらしで次男は商売に目覚めている。

ベリサリオの三番目に生まれた女の子は第一皇女と年が同じで仲がいい。

そりゃあ貴族たちが放っておかないわよ。

近衛騎士団で、第一皇子付きの隊の隊長になったアランお兄様だって、男の子が三人もいてそれぞれ得意な分野を伸ばしている。

子爵家ということで今日は招待されていないけど、あその子供たちはテオと野生児仲間で精霊の森を駆け回ったり、フライを改良して速さを競ったり、それを競技にしようかなんて話をしていて先が楽しみというか心配というか……。

決して私からは発案しないけど、近い将来、競輪のようにフライレースにお金をかける時代が来るんじゃないかな。

「今日は外国からの客人がたくさんいるからね。妹とアンジェラのガードをするんだよ」

一緒に誕生日会の会場に行くためにベリサリオに立ち寄ったら、クリスお兄様ったら子供たちを集めて余計なことを言うのよ？

もともとからアンジェラ大好きなベリサリオの三兄妹は、アンジェラを囲んで離れない。

テオにも各国がアンジェラを嫁に欲しがっていることは話してあるので、姉を守る気満々だ。

「国内で結婚するのが一番楽だよ。うちは相手が誰でも断れるから、好きな人が現れるまで結婚しないでいいよ」

六歳の男の子が何を言っているんだか。

我が子ながら末恐ろしいわ。

「当然よ。琥珀もアイナも男の子には注意しろって言ってた」

精霊王まで⁉　なにを娘に教えているのよ。

「あなたたち、失礼な態度はとっちゃ駄目よ。人脈を広げるのも必要なの。ああ、人脈って言ってもわからないかな」

「わかります」

全員で頷いたわね。

驚かないけどね。私たちもそうだったから。

「今日の誕生日会も外交の大切な場よ。他国にも友人を作っておくことは将来きっと役に立つから、アンジェラの護衛はネリーに任せて、それぞれ動いたほうがいいわ。有益な情報があったらあとで教えてね」

「たしかにそうだね」

「いろんな噂話を仕入れてこようか」

ベリサリオの兄弟が離れていくのに気付いてクリスお兄様は不満そうだ。

「ネリーだけでは不安だ。危険な相手は大人たちだよ？　それか成人近い男どもだ」

そうね。自分の子供と親しくさせたい大人たちが一番厄介よね。

次がもう子供とはいえなくなっている年代の男の子たち。

今日は成人していない子供たちしかいないから、十三、四の男の子は注意しないと。

「クリス、陛下とお話する約束があるでしょう。もう行かないと」

「あの男、僕を娘たちから引き離そうとしているんだ」

「どうしてそう娘のことになると子供じみたことを言うのかしら」

スザンナに引っ張られてクリスお兄様退場。

すっかり尻に敷かれているな。

幸せそうでなによりだわ。

「学園に留学している子供が多いみたいだな」

結局家族四人だけになったので、知り合いに挨拶だけはしておこうと少し歩いてみることにした。

今日は美しい噴水のある庭とテラスが会場になっていて、部屋のほうには料理やスイーツが並べられていた。

陛下の誕生日会に参加したことはあったけど、ほとんど子供は招待されていなかったからなあ。

「あなたたちはどうする？　招待されている中に友達はいた？」

「俺は一緒に行動します」

「あらそうなの？」

「人脈を広げるにしても、父上や母上と一緒にいたほうが地位の高い人が近づいてくるじゃないですか。子供は学園に行けば話す機会がありますから。せっかくの機会なんで効率よく動きたいです」

この六歳児はいったい誰に似たのよ。

少なくとも私じゃないわよ。

「確かにそうだな。誰か知り合いになりたい相手はいるか？」

「パウエル公爵には挨拶したいです。引退してお孫さんが爵位を継ぐんですよね。その人にも会いたい」

「パウエル公爵には世話になったから、引退したらルフタネンに遊びに来てもらおう」

カミルとテオが並んで歩いていると、やっぱり親子ね。

前髪を触る癖や、周りに注意を配る時の目つきなんてそっくりよ。

「レックス、テオは平気でしょうから、あなたもアンジェラをお願い」

「承知しました。向こうからアラン様がいらっしゃいますよ。ということは、第一皇子様の御登場ですね」

どうりでざわざわしてきたなと思ったのよ。

今日は同年代の子供が多くて、しかもほとんど女の子ばかり。

つまり十歳になった第一皇子の婚約者の候補を、そろそろ決めようとしているんだ。

でも成人する時に婚約を発表するとしたら、まだ少し気が早い気もするわね。

「カミル、あなたは国際会議に出なくていいの？」

「外務大臣が出席しているから問題ない」

カミルは王宮の政治にはいっさいかかわっていないからなあ。

北島の内政には関わっているわよ。

むしろカミルが中心になってあの島を動かしているんだけど、そちらもいずれはサロモンあたりにイースディル公爵代理を務めてもらうことになるんだろうな。

「ディア、ひさしぶり！」

「カーラ！　元気？」

第一皇子と周囲の人々の反応を眺めていたら、カーラが声をかけてくれた。

シュタルク王族も招待されていると聞いていたから、会えるのを楽しみにしていたのよ。

ニコデムスを排除した頃からずっと、シュタルク復興に貢献してきたカーラは絶大な人気を誇るシュタルク王妃だ。

ギヨームが国王に選ばれたのは、カーラの存在が大きかったと言われるくらいよ。

「子供たちは？」

「向こうで友人と話しているわ。学園に留学しているから帝国にも友人が多いの」

帝国の力が弱まったと言っても、いまだに帝国の学園に留学する高位貴族や王族は多い。

それぞれの国に学校があるので勉学はそちらでして、冬の間の留学で世界中の同年代の子供たちとの人脈を広げる場にしているの。

正直なところ帝国の学園って、精霊獣の育て方や精霊王と各国の歴史を学べる以外、他国より特に優れているわけじゃないのよ。

貴族も皇族も講師を家に呼んで幼い頃から勉強しているからね。

冬場だけの学園で学べることなんてたかが知れているじゃない。

「もう十二歳だっけ？」

「そうよ。次男が八歳だから、アンジェラと同じ年ね」

エルダほどはっきりとできちゃった婚ではないけど、カーラも怪しいのよね。

結婚してすぐに出来たのかフライングしたのか微妙な時期に妊娠して、あっさりと男子が生まれた。

その間も復興のためにバリバリ働いて、安産で元気な男の子を生んだ強い女性だっていうのも、カーラの人気に繋がっているそうよ。

あのカーラがどんどん強くなって、他国で揺るがない地位を築き上げたなんて感動ものだし、正直びっくりした。

苦労を力に変えたカーラは素晴らしいわ。

「アンジェラをバイロンの婚約者候補にするの？」

バイロンは第一皇子の名前ね。

「さあ、どうかな。カーラのところは国内で結婚相手を探すのよね」

「そうね。ギヨームと私が国際結婚だったから、今度は内政を考えて国内から選ぶつもりよ。いくつか条件を出して本人に選んでもらうわ」

カーラの家族は去年、海辺のコテージに招待して三日間だけルフタネンに滞在していたから、子供たち同士も顔見知りだ。

「ほら、噂の皇子が来たわよ。アランが皇子の部隊の隊長なのね」

「そうなの」

皇子の周りに集まっているのが子供たちばかりなので、背の高いアランお兄様がさらに長身に見える。

そつなく挨拶しながら近づいてくるバイロンには、もう五年前のような天真爛漫な雰囲気はない。

あれは、子供でいることをやめた皇族の顔だ。

体格のいい皇族にノーランドの血が加わったせいで、背が高く骨格がしっかりしていて、皇族らしい赤い髪に金色の瞳の精悍《せいかん》な顔つきは皇帝にそっくりだ。

「陛下に似てきたわね」

「いい面構えになったじゃないか」

カミルはそう言うけど、十歳であんな達観した顔をするなんて寂しい気も……いいえ。あれが彼の本当の顔とは限らないじゃない。

家族だけでいる時には子供らしく笑っているかもしれないわよ。

家では暴れまくっているテオだって今はきりっと姿勢を正して、貴族の子供らしい顔をしている。

ルフタネンの民族衣装を着ている以上、国の代表としてここにいるってわかっているからだ。

アンジェラと私は民族衣装ではなくて、ルフタネンの人たちが普段着ているアオザイによく似た服をドレスにアレンジして着ている。

ルフタネン風のショールを肩から掛けて宝石のついたアクセサリーで留めれば、豪華なドレスに見えるから便利よ。本当にお高いんだけどさ。

艶やかな黒髪を下ろし、静かに佇《たたず》んでいるアンジェラは注目の的だ。

男の子たちがちらちらとこちらを何度も見ている。

テオだって顔だけはやたら綺麗だから、女の子が見惚れているし、私もカミルもいろんな意味で関心をあつめているので、私たち家族全員が注目の的だったわ。

「イースディル公爵、妖精姫、招待に応じていただきありがとうございます」

微笑んでカーテシーで応えたけど、三十のおばさんに姫はどうなの。

公爵夫人でいいじゃない。

「明日には立太子なさるそうでおめでとうございます」

「ありがとうございます。私の代になってもルフタネンとは良好な関係を続けていきたいと思っていますので、今後もよろしくお願いします」

ずいぶんと丁寧ね。

私たちには気をつけろって言われてきたのかな？

「あの……それで……」

「ああ、失礼しました。うちの子供たちを紹介させてください。この子が長女のアンジェラ。今年八歳になります」

「はじめまして。お会いできてうれしいです」

大人たちは心の中で、

「はじめましてじゃないんだよー」

って思っただろうけど、誰も顔に出さずにあえて口にしない。

あれはバイロンにとってもアンジェラにとっても忘れてあげたほうがいい黒歴史だ。

「私もです。ドレスがとても似合っていますね」

バイロンの耳がうっすらと赤くなっているのを、目敏《めざと》いおばさんは見逃さない。

そうか。うちの娘は好印象か。

親のひいき目を抜きにしても、可愛いから仕方ないね。

「そしてこちらが長男のテオドールです。六歳です」

「よろしく？」

ちょっと待て。

なんでテオはそんなに偉そうなの？

「あ、よろしく」

バイロンもテオの態度に驚いている。

そこにすかさずテオが歩み寄り、耳元で何か囁いた。

「……え？　いや、何を……」

「あとで話そう」

「ああ。それは……そうだね」

あいつは何を言ったんだ？

いちおう信頼はしているけど、何かやらかしそうで怖い。

ああ……家族は子供の頃の私を、こういう気持ちで見守っていたのか。

「皇妃様がいらっしゃいます」

レックスが背後から小声で囁いた。

モニカを見つけるにはエセルを探したほうが早い。

近衛の制服とあの長身は目立つ。

皇妃として、皇太子の母として、揺るがない地位を確立したモニカは、すっかり皇妃としての威厳と存在感を身につけていた。

母は強しって本当よ。

友人たちが全員、母親の顔になるにつれて強くなっていったから。

隣にいるのが第一皇女のクリスティアナね。

豊かな赤髪にきりっと大きな金色の瞳のはっきりとした顔立ちの女の子だ。

彼女も八歳だったはずだから、アンジェラとベリサリオの長女と三人で同じ学年になるのか。

クリスお兄様の子供のエディスは、小動物系の今までベリサリオにはいなかったタイプの女の子なの。

守ってあげたい系詐欺の私と違って、可愛いものが大好きなおませな女の子よ。

そこに黒髪でエキゾチックな美貌の我が娘と、きりっとしたイケメン皇女が揃ったら目立つだろうなあ。

「ディア、カーラ、来てくれてありがとう」

「モニカ、ひさしぶりね。私の息子を紹介させてちょうだい」

カーラとモニカが話し始めたので、テオに近付いて聞いてみた。

「第一皇子に何を話したの？」

「ん？　姉上と親しくなりたいなら、俺と友達になるのが一番だよって」

おいおい、この子は何を言っているの？

帝国に嫁ぐのは反対じゃなかったの？

「母上、自覚ないんだ」

「なにが？」

「ディア、いいかしら」

モニカに声をかけられた。

「せっかく会えたんですもの。向こうで三人で話さない？　お嬢さんはクリスティアナと遊んでくれると嬉しいわ。ベリサリオはどこにいるのかしら。一緒にいれば安心でしょ？」

「そうね」

アンジェラとクリスティアナは気が合ったのか話に花が咲いているので大丈夫そうだ。

カミルのほうを見たら、

「俺はテオとあいさつ回りしてくるよ」

「しょうがない。父上に付き合ってあげます」

「おい」

こちらも大丈夫そうなので、家族と離れてモニカとカーラの三人で、エセルも警護についているので実質は四人で話すことにした。

「わお。みんな揃っているのね」

エルダまで登場したか。

当然と言えば当然よね。

こういう場にノーランドの子供が出席しないはずがないもの。

「ちょっと離れた席で話さない？」

「そのほうがいいわね」

エルダが先頭を歩いて向かったのは、窓際の一番端の席だ。

この顔ぶれでこの席で、近衛のエセルが立っているのでは、誰も近付けないだろう。

「あなたたち、ディアにちゃんと言ってあげたの？」

「これから話そうとしたところでエルダが来たのよ」

責めるような口調のエルダにカーラが反論する。

昔からよくある光景だ。

「私も遠くから話しているディアとカミルを見て驚いて、慌てて声をかけてしまったわ」

内容をまだ話していないのに、モニカもエルダが何を言っているのかわかっているみたいだ。

わかっていないのは私だけ？

「……なに？」

「あなた、五年前とまったく変わっていないわよ」

周囲に誰もいないのに、モニカが身を寄せてきて囁くように言った。

「え？　そう？」

「カミルもよ。ルフタネン人は若く見えるから余計によ」

エルダも子供がふたりいるのに、独身時代とまったく変わらない生活をして小説を書いているそうだ。

ノーランドに嫁いだのは正解だったわね。

「あなたたち自覚ないの？　周りから何も言われない？」

「毎日一緒にいるとわからないいんじゃやない？」

たぶんカーラの言う通りなんだろう。

五年ぶりに会ったから気付いたんであって、毎日顔を合わせていたら微妙な変化には気付かないわよ。

「まさか、こんなに早く……」

もう少しは猶予があると思っていた。

そうか。テオはこのことを言っていたんだ。

友人たちと私の年齢による変化の違いに気づいたんだろう。

妖精姫は年をとるのが遅いなんて噂になったら、アンジェラに近付こうとする人間は今以上に増えるんじゃない？

年をとりたくない。

死にたくない。

そう考える人間はたくさんいるから、なんとかして私やカミルに近付いて秘密を聞こうと考える人が現れるに違いない。

「あと、どのくらい誤魔化せるかな」

「温泉と魔力量の多さのせいって言い訳と、祝福のせいで肌の色つやがいいって話にして……十年はいけるんじゃない？」

「エルダの言うとおりね。無理して十五年」

モニカも頷いた。

十五年後、テオはまだ二十一歳だ。

そんなに早く、身を隠して生活しなくてはいけないのか。

「少しずつ、表舞台に立つ頻度を下げるわ」

「化粧で多少は誤魔化せるわよ」

「ありがと、モニカ。研究してみる」

カミルの横でパウエル公爵と物おじせずに話しているテオと、女の子同士で可愛い便せんに何か書き合っているアンジェラ。

ふたりとも賢い強い子たちだ。

十五年あれば立派な大人になって、結婚して子供だっているかもしれない。

彼らはきっと大丈夫。

「私たち、会えなくなるわけじゃないわよね？」

「ええ。連絡手段は残しておくわ」

「絶対よ」

事情を知っている友人たちがいてよかった。

誰とも会えなくなったら辛すぎるわ。

止まる時間

ルフタネンに戻り、着替えてすぐに夕食のために食堂に集合した。

家族用の食堂はあまり広くなく、大きな暖炉と四人には大きなテーブルが場所をとっている。

子供たちがね、とんでもなく食べるのよ。

アンジェラでさえ、私が子供の頃の倍は食べるんだから信じられる？

食べても魔力を放出すれば太らないって教えてしまったら、食べてる途中でもう魔力を放出しているの。

食べて魔力にして放出して、食べて魔力にして放出して、大食い選手権に出るフードファイターみたいな食べ方よ。

そのせいでうっすらと魔力が光になってアンジェラを包んでいるので、観音像みたいに神々しい見た目になってしまっている。

でもひたすら大きな口を開けて、大好きな肉を食べているので絵面がひどい。

それでもテオよりはましかも。

彼の場合、育ち盛りの男の子らしくいっそ見事だと思うほどによく食べる。

そしてこっちもすぐに魔力にしてるので、精霊たちがその魔力をもらって元気いっぱいに飛び回っている。

アンジェラもテオも二属性はカミルの精霊獣やリヴァと同じ竜の姿をしているの。

で、アンジェラの場合、残りの二属性はコルケットに棲むオコジョに似た魔獣の姿をしていて可愛いから、嬉しそうに魔力をもらって喜んでいる姿もほっこりするんだけど、テオの場合、残りの二属性はノーランドに棲むドラゴンの姿をしているの。

東洋と西洋の竜が二属性ずつ。

東洋の竜は小型化した時も大型化した時もリヴァと同じくらいの大きさで、西洋の竜のほうは小型化すると手のりサイズ。

魔力をもらいすぎて、ときどき口から火を噴いているのが危なっかしいのよ。

煙草に火をつけるのに便利なくらいの炎だとしても、食事中に邪魔くさいったらない。

「そこ」

今もテーブルの上をちょこちょこ歩いているから、とんとんとテーブルを指で叩きながら注意した。

「食事中はテーブルに乗っては駄目って言ったわよね?」

片眉をあげて言ったら、びくっと飛び上がりそうなほどに驚いて、慌ててテオの背後に隠れた。

子供たちの精霊獣はみんな、私と私の精霊獣がこわいんですってさ。

「たぶん五年前くらいから年齢が止まっているな」

この話題の驚きが大きすぎて、第一皇子の話なんてどうでもよくなっている。

テオもアンジェラも私たち三兄妹のように大人になるのが早いと気付いた時に、精霊王との関係や祝福のせいで寿命が延びたことは説明してある。

でも転生については話していない。

知らないほうがいいこともあるってもんよ。

「大陸の人たちは老けるのが早いのかとちょっと期待したけど、やっぱり違うのね。お婆様やスザンナ伯母さまはお若いから、今まではあまり気にしていなかったわ」

意外なことにアンジェラもテオも、あまり深刻な顔をしていない。

親が三百年生きる人外だって、もっと驚くことじゃない？

「いろんな人に父上や母上の武勇伝をさんざん聞かされてきたからなあ。特に母上はいろんな意味で変だし」

「悪かったわね。まだ十年くらいは誤魔化せそうだから、いろいろと準備しないといけないわ」

「そうだな。おまえたちの身の安全を一番に考えないと」

そうよ。私とカミルはもう誰も手を出してこないだろう。

その分、狙われるのは子供たちよ。

「俺は平気ですよ。公爵家を継ぐから周りに事情を知っている人間がたくさんいますし、ルフタネン王族も味方だ。問題は姉上です。……だから、アラン伯父上がバイロンの護衛をしているのを見て、帝国に嫁ぐのは悪い話じゃないのかなと思い始めました」

「おまえもそう思ったか」

待ちなさいよ、男共。

アンジェラの結婚相手を決められるのは本人だけよ。

「話してみたら、けっこうおもしろいやつでしたよ。でも、ちょっと達観しすぎているというか、父親のようにならなくてはと思い込んで自分を追い詰めているようなところがあるのは気になったかな」

「まさか六歳の子供に、こんなふうに言われているとはバイロンも思っていないだろうな」

いやだいやだ。我が子ながら可愛げが足りない。

そんな子が男版ディアドラって言われているのはどうなのさ。

私はもっとかわいい子供だったわよ。

「だが、テオの言う通りだ。帝国にはベリサリオがいるのが大きい。義父上も義母上もクリスもスザンナも、従兄弟たちだって全力でアンジェラを守ってくれるだろう。皇族だってディアの子供は大切に扱うはずだ」

「私たちのほうが寿命が長いんだから、私たちが守ればいいでしょ。どこに嫁いだって目を光らせて、ひどいことをしたら乗り込むに決まっているじゃない。そんなことはどうにでもなるのよ。アンジェラが決めた相手なら、その相手と幸せに暮らせるように全力で守るから安心しろって言えないの？　ベリサリオに任せられるから帝国がいい？　情けない男共ね」

「お母様、お気持ちは嬉しいけどテーブルを叩いては駄目ですよ」

あなたはもう少し慌てなさいよ。

余裕ぶっこいた笑顔で私を叱っている場合じゃないでしょ。

「公爵令嬢に生まれた以上、政略結婚をする覚悟は出来ています。私はお父様やお母様と違って普通の人間ですし、テオのようにも生きられませんから」

「はあ?」

立ち上がろうとしたら、カミルの手が伸びてきて押し留められた。

「落ち着け」

「だってもう諦めているみたいなことを言うんですもの。テオみたいに生きられない? そんなに頭がいいのに? 自分のしたい生き方が出来るように、どう行動すればいいか考えなさいよ。いくらでも手助けするわよ」

カーラだってモニカだって、初めは自分の境遇に圧し潰されそうになって、でも負けないで踏ん張ったからこそ強くなったのよ。

まだまだこれからいろんな可能性が残されているたかが八歳の子供が、婆さんみたいなことを言っているんじゃないわよ。

「でもさ、バイロンってイケメンだよな」

「言葉遣い」

びしっとテオを指さしたら、ちょっと恥ずかしそうなアンジェラの顔が視界の端に見えた。

「え? まんざらでもないってこと?」

「ち、違います! まだ少しお話ししただけなので、どんな方かはわからないです」

「いつの間に話したんだよ」

カミルの突っ込みは、今はスルーよ。

どうせテオが姉の許にあの皇子を連れて行ったに決まっている。

「バイロンは帝国の次期皇帝。彼と結婚するってことは、あの国の皇妃になるってことよ」

「そうですね。……え？　どこかの王族に嫁ぐものだとばかり思っていましたけど、違うんですか？」

「だから、あなたの選んだ相手なら王族じゃなくてもいいわよ。身を守るためにもそれなりに力のある貴族なら」

「うーん、そうですね。私は束縛しないで、自由にやらせてくれる人と結婚したいです。社交界で情報を集めたり、陰から国を動かすのも楽しそうかなって」

うふって笑いながら、今とんでもないことを言わなかった？

え？　うちの子供たち、思っていた以上にやばくない？

「テオは危険だって大人たちが言うじゃないですか。女の子は大丈夫なんて言っている男の人は、騙されてもきっと気付かないですよ」

黒い……おとなしそうな顔で冷静に考えているとは思っていたけど……。

「あなた今、テオのようには生きられないって言っていなかった？」

「テオは陰からじゃなくて、正面から堂々と国を動かすタイプじゃないですか」

「……まあ、公爵だからね？　でもべつに国は動かさなくていいのよ？」

「何を驚いているんだ。アンジェラは前からこういう子だろう。だからクリスのお気に入りじゃな

て
いか」

「皇妃になるなら、そのくらいの覚悟が必要だって伯父様たちが言っていましたよ」

伯父様たち？　余計なことを……ああ、ベリサリオもアンジェラを帝国に迎えたいんだって忘れていた。

他所の国に嫁いで会えなくなるより、帝国の誰かに嫁がせたいんだった。

「まあ、まだ時間はあるんだからゆっくり考えましょう。帝国に嫁ぐとしても候補は他にもいるわよ」

「はい」

どっと疲れたわ。

結婚の話はまだ早いと思って今までしてこなかったけど、もうしっかり考えているのね。

私は母親としてアンジェラが選んだ道なら、皇妃だろうが冒険者だろうが応援するわ。


子供たちと別れて、カミルとふたりでいつもの草原に行った。

今日も満天の星が輝いている。

いつかはその日が来ると思っていたけど、まさかもう年齢が止まっていたなんて。

私より子供たちのほうが落ち着いていたのが情けない。

「ディア、きみが責任を感じる必要はないんだよ」

ショールを私の肩にかけて、背後からカミルが抱きしめてきた。

「え？」

「どうせ自分のせいで、子供たちに苦労を掛けるって思っているんだろう」

「事実だわ。アンジェラは私を心配させないようにあんなことを言い出したんでしょう？　……本気も入っているかもしれないけど」

相変わらず私は家族のことになると弱い。

これが自分一人のことだったら、なにも悩んだりしないのに。

「あのふたり、違う意味でも心配になってきたんだけど」

「それはまあ……たしかに」

あの性格でも理解してくれる相手に巡り合えるといいな。

きっと大丈夫。

私にカミルがいたように、あの子たちにも素敵な相手が現れてくれるはずよ。

あとがき

ネットで完結したその先の物語へ。

ということで今回は全編書き下ろしという初めての体験をしました。

こうして書き下ろしまで出版出来るのも、ディアを愛してくださった皆様のおかげです。

ありがとうございます。


作業に関しては、巻末番外編でも二万字を書くこともある私ですから問題はありませんでしたが、ネットに第一話を投稿してから五年が経ち、書籍版にコミカライズもあり、きっと読者のみなさんの頭の中にディアドラのイメージがしっかりと出来上がっているでしょう。

最初はベビーベッドの中で柵を蹴って筋力をつけていたディアドラが、成人して婚約するまでを見守ってくださっていた読者が、結婚し、子供まで出来るという変化の連続で、

「ディアはこんなことしない」

「私が思っていた結婚後のディアじゃない」

なんて思われてしまうのなら、あのまま終わらせたほうがいいんじゃないかなと、そこが一番の悩みどころでした。

この巻を読んでいただいて、みなさんはどう思ったんでしょうか。

ディアドラの印象は崩れていませんか？

そして、子供たちはどうでしょうか。

ディアドラが反面教師になりうまく立ち回ろうとする長女と、ディアドラに似ていろいろと規格外な長男という設定は、ネットで小説を連載していた頃から子供が出来たらこんな感じかなと考えてはいたんです。

ディアドラとカミルの子供ですから、当然癖が強いだろうなと。

クリスやアランの子供も考えるのは楽しいんですけど、ベリサリオの子供や皇族の子供が登場するだけでも人数が多くて、設定を決めるのが好きな私は余計なことを書きすぎて、何度も削除して書き直すことになりました。

この巻はネットでは書ききれなかった部分の補完も出来て、私としてはある意味一区切りできた巻でした。

ディアドラの友人たちがそれぞれの道を進んでいく中で、ダグラスだけが後半にあまり出番もなく影が薄くなってしまっていたからです。

彼も自分の道を進む決意が出来て、派手な結婚式も無事に済んで、ここまで書いてネットを完結させてもよかったのかなと、今更ですが考えてもいます。

そして今度こそ本当に物語は完結に向かっていきます。

私の頭の中ではすでに完結までの道筋は決まっていますので、もう少しだけお付き合いください。

このあとがきを書いているのが三月の終わりで、春が来るのが遅く、花粉症と気温変化にやられていますけど、みなさんがこの本を手に取る時にはきっと暖かくなっていますよね。

二月までは今年の冬は暖かくなかったですか？

桜の開花がだいぶ早いだろうという話も聞いた記憶があるのに、まだ咲いていないなんて。

桜だってどのタイミングで咲けばいいのか悩んでますよ。

温かくなったと思ったら最近では雨季と呼んだほうがよさそうな梅雨が来ます。

健康に注意しつつ、いろいろと慌ただしい現実からたまには逃避して、本の中だけはすっきり楽しんでいただけたら幸いです。

コミカライズ 第六話

漫画：はな

原作：風間レイ

キャラクター原案：藤小豆

♯6

私はディアドラ（4）
ベリサリオ
辺境伯家の令嬢
元ОＬで
ちょっと同人誌作りで
徹夜が続いてうっかり
死んでしまったら…
転生して
赤ちゃんに
なっていた！
今世では
平穏に生きて
恋をするはずが…
精霊の育成が
楽しくて気づいたら
「精霊獣」を
育ててしまった
目立ちたく
ないのに
大誤算!!
しかも
「精霊王」と
呼ばれる
超絶イケメンまで
出てきてしまって…
どうなっちゃうの!?
私の普通の結婚《スローライフ》!?

この地で新しい精霊獣が生まれるのは何年ぶりだ？
生まれたばかりのおまえたちの願いを聞き届けよう
サァ

その子がおまえたちの主か
そうだ
変わった魂を持つ子供だ
名をなんと言う？
ディアドラです
そうか
そなたのおかげで今後はたくさんの仲間と出会えそうだ

この地はもう忘れられたと思っていた
またこうして人と精霊が触れ合う場になったことを喜ばしく思う
いや…
思いつきと勢いできたから申し訳ないな…
……話を聞かせてもらってもよろしいでしょうか
私はベリサリオ辺境伯ディアドラの父です

ベリサリオ…
懐かしいな
以前会った男は
何代前だろうか
フッ
…おまえたち
家族を招待
しよう
こちらに
来るがいい
ポワァ
レックス
はい
お嬢様
ディア
待って
ピタッ

籠《カゴ》は僕が持つから
一緒に行こう
過保護だなぁ
…平気なのに

くつろいでくれ
主は私だけど精霊王のほうが上の存在なんだね…
…それで何を聞きたいのだ？

今日のように
多くの人がここに来て
精霊を探すのは
迷惑になりませんか?
毎日では
さすがに困るが
そうでなければ
こちらから頼みたい
精霊獣が増えれば
この地の魔力が上がり
作物がよく育つぞ
それは我らに
とってもありがたい!
では
曜日を決めて
お邪魔させて
いただきます
そうしてくれ
…だがな

わざわざ
ここに来なくても
自然を壊さずに
対話してくれるなら
どこでも
精霊はその声に
応えるだろう
ほう…
では 皇宮の近くでも
精霊はいますか？
自分の精霊獣なのに
…と思っていそうだな
という顔
思っている顔
そこは
我の領分ではない
この世界には
各国にそれぞれの
属性の精霊王がいる
つまり
4人ずつだな

皇宮の近くは土の精霊王が住んでいたが…
皇帝が森を壊してしまった
今は人間たちとの関わりを断っている
ゴクリ。。。
では…学園近くの森には精霊はいないのですか？
いるが…
精霊も遠慮して人間に近付かない
だから皇子たちに精霊が付かないんじゃん!?
この世界は精霊の怒りで砂漠化が進んじゃうんだ…
ってことは皇都砂漠化!?
なのに地方《ベリサリオ》が精霊と仲良くして栄えたら…面倒なことになりそう…
ヅーーーん…

陛下もまさか
精霊も住む
森だとは――……
いや
知らないいはずがない
ついこの間まで
我々と共存して
いたんだぞ
き
ぱっ
…なぜ人はすぐに
忘れてしまうのだ
次の世代に
きちんと伝える
べきだ
ううっ
耳が痛〜〜〜〜〜
それが難しいのよ
人間って奴は
はは〜
……どうすれば
土の精霊王の怒りは
やわらぐでしょう？

知らん
おまえなら家族を住処《すみか》を追われた時どうしたら相手を許せるのだ
…許せないかもしれません
父上
我々はこの情報を届けるだけでそれ以降は陛下と精霊王で話していただくしかないですよ
そうだな…
少なくとも我々は今後も精霊たちと共に暮らしていこう
この地に皇帝が訪れた場合会っていただけますか？
断る
おまえの代でも頼んだぞ
もちろんです

我はこの地を治めるおまえたちだけに会う
精霊と人間が共に暮らせるためなら今後いくらでも付き合おう
他の地域の精霊王とその地を治める人間の橋渡しもしたいのですが……
う〜む
精霊王たちに連絡はしてやろう
人間側はおまえたちが動くべきだ
ヺ
あの……
おず…

ディアドラと言ったか
ぱっ
そなたのおかげで人間たちは我々との付き合い方を思い出したのであろう
お礼に我の祝福を授けよう
#祝福とは
あなたも幼女は特別扱いですか!?
祝福より一度だけでいいので皇帝家族と会っていただけませんか?
彼らが説明してくれたら国中の精霊が人間と仲良くなれるかもしれないです
もう4歳児の喋り方わからん…
かまうもんか!私は神童だってことにして!!
祝福はいらんのか
状態異常回復の祝福だ
毒も病気もほぼかからなくなるぞ

プァァ
でも…っ
ギュッ

精霊獣がたくさんいる国に
住みたいです！

…気に入った
一度だけなら会おう
祝福も授けよう
わーい…
あれ？また目立った？
うん
きぱっ
翌日
両親は皇都へ向かい
2日後に陛下と謁見《えっけん》
できることになった

「精霊王と会いました！」なんて言われたらそりゃ急ぐよね
そんなわけで私たちのほうも突然大忙しになった
馬車で何時間もかけないと城まで来られない地域に住む人たちが精霊のいる場所を探したいんだって
精霊獣がいないと意思疎通ができないし私が行かなきゃなんだけど……
4歳児だよ!?

こうなったら
精霊獣に進化
させられそうな
精霊を持っている
人を捜す！
そうしたら
私ひとりで全箇所
行かなくて済む
はず!!
氷魔法を使える人は
ひとりいるけど…
他はいないかな
うち専属の
魔道士の
アリッサだよ
軍は…
ふたりくらいなら
なんとかなるか
!

海軍と騎士団から
ひとりずつ
精霊獣にする
方法を教えます！
精霊のいる場所を
探せば新しい精霊に
出会えるかも！
ふふっ
いい売り文句
だけどね
ディア
4歳児っぽく
するの諦めた？
はたっ
ふんっ
そういうことを
言うのなら
クリスお兄様とは
お話しません！
え？
ごめん！
もう言わない！
ディアはいつも
アランとばかり
仲良くしていて
ずるいよ…
よしっ
精霊を探しに
行く時は
僕も行こう
はい？

クリスお兄様は本当に私によくしてくれる
私の執事たちにシスコンといわれるくらい
でも私はお兄様なら私を理解してくれるなんて思えるほど素直じゃない
前世の記憶があるぶん疑ってしまう
もし私に異世界の知識があると知ったら
利用するために囲い込もうとするんじゃないかって

この世界で政略結婚が当たり前なら受け入れたよ
けど 恋愛結婚が多いなら恋愛したい
だから 私は発想のおもしろいちょっと変わった子供であり続ける
…ディア 怒ったかい？
ううん 行くならどこがいいかなって
きみの行きたいところに行こう
ぱっ
チーズほしいです！
なんで突然チーズ？
あいかわらずディアの思考はおもしろいなぁ…
そう家族にも思っていてほしい

翌日には
アリッサ以外にふたりも人員確保してくれたクリスお兄様マジ有能
精霊獣は小型化もできるらしい！大きさはある程度自由だって
3人とも職業魔法使いだから丸1日対話させて
ちゃーんと3人とも精霊獣に進化させたよ
ZZZ…
4人で手分けすればすぐに領地内を回れるぞ！
ぐっ
って思っていたのに……
1週間後に皇帝一家が来られるそうだ…
第2回家族会議発動です
あはは…
はーー
おいでになるのは夏だと思っていました

精霊王と面会してすぐお帰りになるそうだ
ディアは精霊王に会っていただけるか確認してもらいたい
はい！
皇宮から宮廷魔道士が何人か同行するそうだ
ディアもその場にいてほしい
どういうことですか？
?
は
文献にしか記されていないことが我が領地に起こっているのが
特に宮廷魔道士たちは納得できないようだ
ディアの存在も信じられないらしい
ピク
ギリッ
…まぁ
その道で一生懸命やってきた人たちにとっては許せない存在だよね
4歳で全属性コンプ
火と水の精霊獣ゲット
精霊王からの祝福

精霊王の森を開拓する時に彼らは異を唱えなかった
だから信じるわけにはいかないというのもあるんだろう
精霊王に会えばどうせその話になるのにですか？
適当に理由を付けて会えずに終わる可能性があると思っていたんだろうさ
中には海の幸が豊富という以外特色のない避暑地が客を集めるために言い出しているという者もいてな…
はたっ
父上そういう奴らのリストを作ってください
わあ悪い顔～
まあ でも私もやられっぱなしは性に合わないし…
あそこ《ベリサリオ》には手を出したら損だと思わせたほうがいいでしょう
兄妹だな……という顔

確認したら
ウィキくんには
ちゃんと
精霊王のいる場所が
明記されていた
異世界
転生して
この世界の人たちより
精霊について
詳しくなれたのは
ウィキくんの
おかげだ
けど
このスキル
最近使ってないの
怖くなった
から
だって
現在進行形で情報が
新しくなるんだもの
いったい誰が
更新して
いるの？

これが1番
問題よ
訓練したぶん
強くなっていくのは
理解できる
でも
何もしてなくても
情報が更新されて
いくスキルって
おかしいよね
なのに
自然破壊に
つながりそうな
知識は書かれて
いないところに
意図を感じる
もしも
このスキルをくれたのが
神様だとしたら
精霊と人間の関係を
どうにかするために
私を転生させたんじゃ
ないかと思うのよ
ただ
私の第1目標は
平和に家族と過ごして
恋愛をすることだから
危ないことには
手を出さないよっ

そして1週間後
やってきました皇族との初対面
本当にすてきですわ〜
妖精のようですわねっ
…似合ってますよ
今日は走らないでくださいね
プル
黙れ執事ども!
笑うならちゃんと笑え!!
プル
あれ?今日はお嬢様みたいだね

転生令嬢は精霊に愛されて最強です
……だけど普通に恋したい！ 11

2024年6月1日　第1刷発行

著　者　風間レイ

発行者　本田武市

発行所　TOブックス
〒150-0002
東京都渋谷区渋谷三丁目1番1号　PMO渋谷Ⅱ　11階
TEL 0120-933-772（営業フリーダイヤル）
FAX 050-3156-0508

印刷・製本　中央精版印刷株式会社

ISBN978-4-86794-188-1